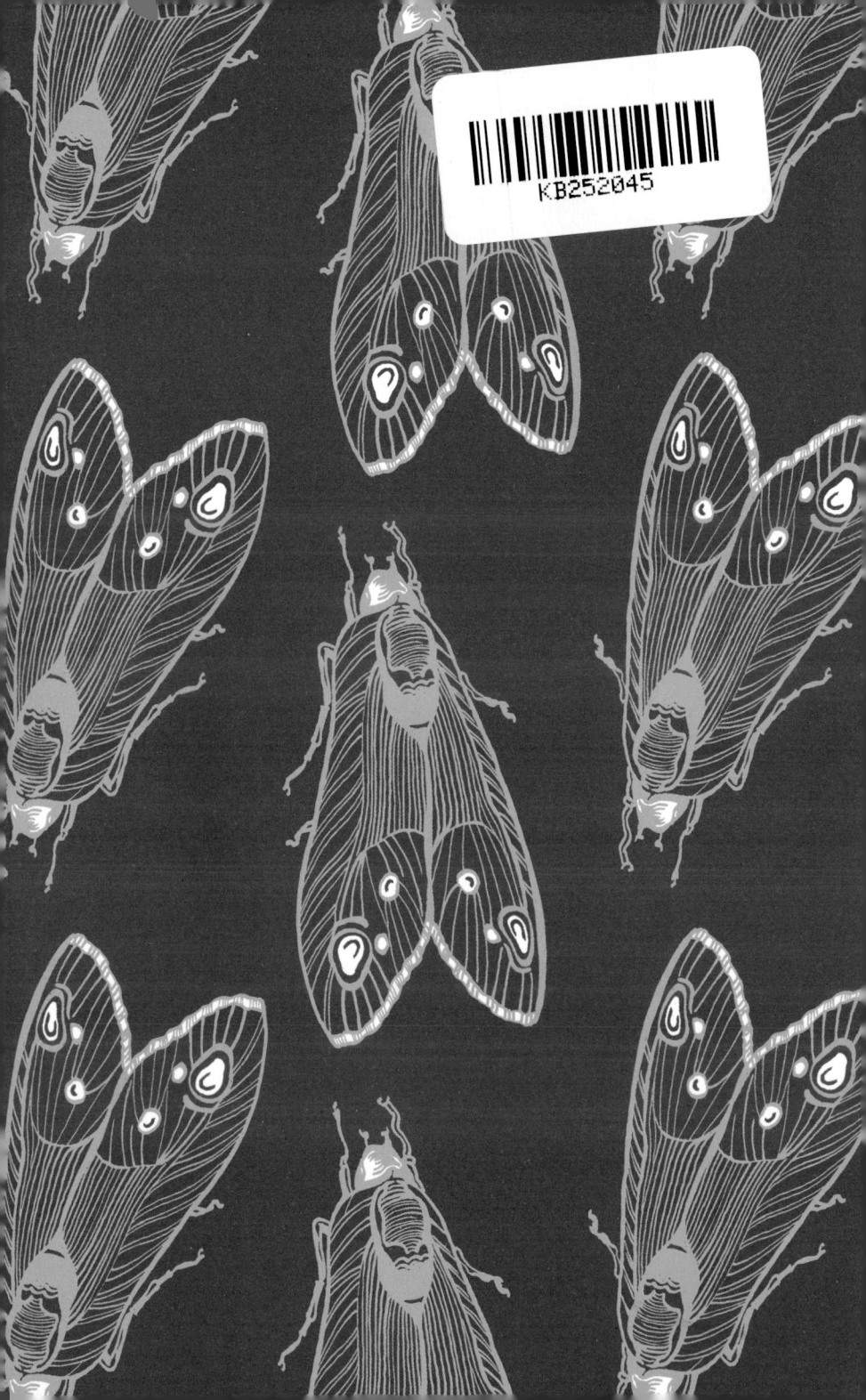

잠
ねむり

NEMURI
by Haruki Murakami, illustrated by Kat Menschik

Text copyright ⓒ 2010 by Haruki Murakami
Japanese edition published in 2010 by SHINCHOSHA Publishing Co., Ltd., Tokyo.
Korean translation rights arranged with Haruki Murakami, Japan
through THE SAKAI AGENCY and BOOKPOST AGENCY.

Originally published in Germany 2009 by DuMont Buchverlag, Cologne.
Illustrations by Kat Menschik ⓒ 2009 by DuMont Buchverlag, Cologne (Germany)

잠

초판 1쇄 2012년 10월 22일 ∣ 초판 16쇄 2020년 12월 28일
지은이 무라카미 하루키 ∣ 그린이 카트 멘쉬크 ∣ 옮긴이 양윤옥
펴낸이 임지현 ∣ 펴낸곳 (주)문학사상 ∣ 디자인 오필민디자인
주소 경기도 파주시 회동길 363-8, 201호 (10881)
등록 1973년 3월 21일 제1-137호
전화 031)946-8503 ∣ 팩스 031)955-9912
홈페이지 www.munsa.co.kr ∣ 이메일 munsa@munsa.co.kr

ⓒ 문학사상, 2012년 printed in Korea.

ISBN 978-89-7012-880-1 03830

잠

무라카미 하루키 소설

카트 멘쉬크 그림 | 양윤옥 옮김

문학사상

차례

잠 9

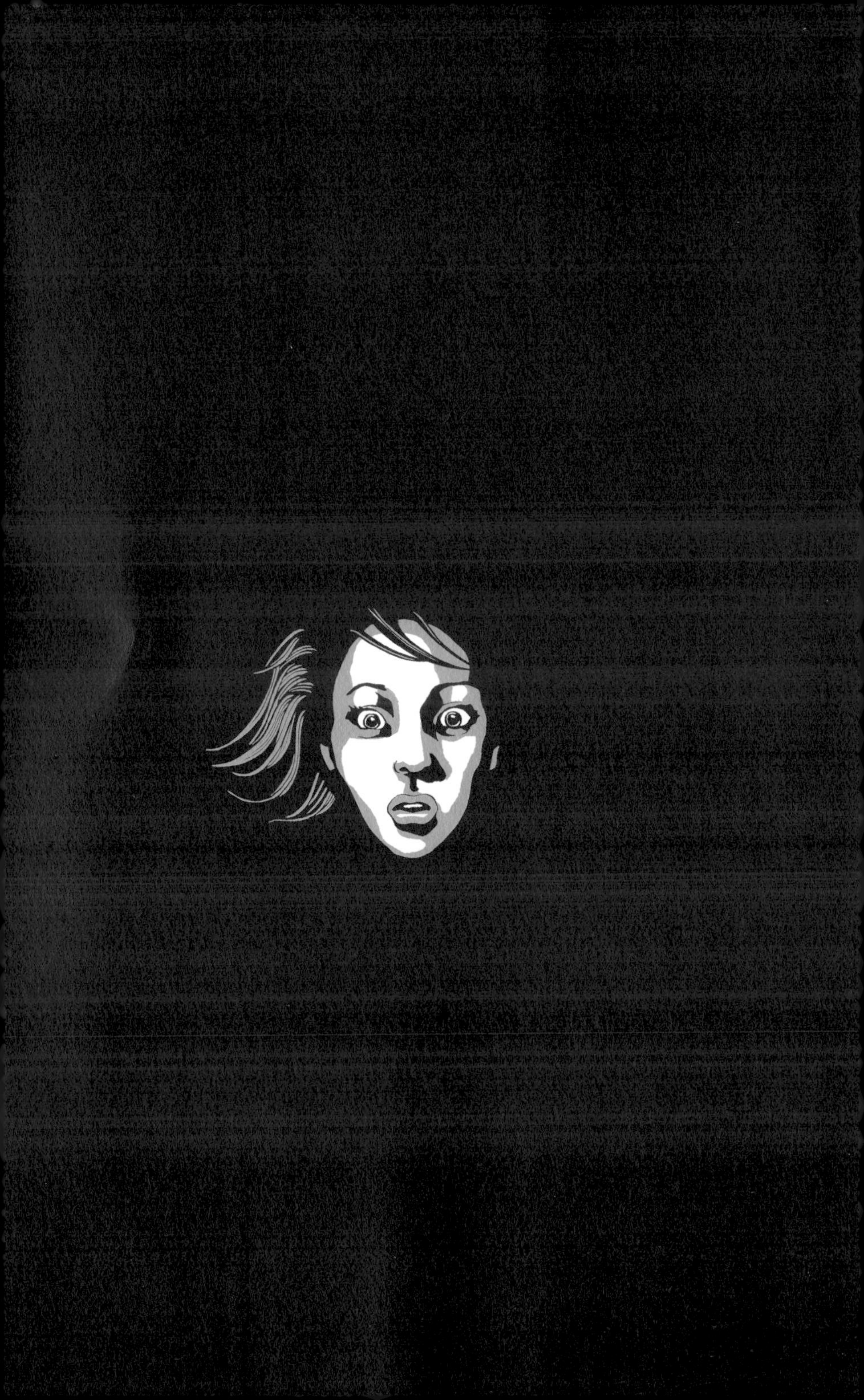

1

잠을 못 잔 지 십칠 일째다.

불면증 얘기를 하는 게 아니다. 불면증에 대해서라면 조금쯤은 알고 있다. 대학생 때 한 차례 불면증 비슷한 것을 경험했다. 굳이 '비슷한 것'이라고 말한 건 그 증상이 일반적인 불면증이라는 것과 합치하는지 어떤지, 확신을 가질 수 없기 때문이다. 병원에 가면 그게 불면증인지 아닌지 정도는 금세 알았을 것이다. 하지만 나는 가지 않았다. 그래봤자 아무 도움도 되지 않을 거라고 생각했기 때문이다. 뭔가 근거가 있었던 것은 아니다. 직관적으로 그렇게 생각했을 뿐이다. 병원 같은 데 가봐야 소용없을 거라고. 그래서 가족에게도 친구에게도 말하지 않았다. 누군가에게 털어놓고 말하면 당장 병원에 가라고 할 게 틀림없으니까.

한 달쯤 그 '불면증 비슷한 것'이 이어졌다. 그동안 나는 단 한 번도 제대로 된 잠을 자지 못했다. 밤이 되어 침대에 들어가, 자아, 이제 그만 자자, 생각한다. 그러면 그 즉시 마치 조건반사처럼 잠이 깨버린다. 아무리 노력해도 잘 수 없었다. 잠을 자려고 의식하면 할수록 거꾸로 눈이 말똥말똥해졌다. 술이나 수면제를 시험해봤지만 효과는 없었다. 그저 속이 메슥거렸을 뿐이다.

새벽녘이 되어서야 겨우 졸음 비슷한 것이 찾아온다. 나는 잠의 테두리쯤을 손끝에 아주 조금 느낀다. 하지만 얇은 벽으로 나누어진 바로 옆방에서 내 의식은 생생하게 깨어 나를 지그시 지켜본다. 내 육체는 흐느적흐느적 옅은 어둠 속을 헤매며 계속 나 자신의 의식의 시선과 숨결을 바로 옆에서 감지한다. 나는 자려고 하는 육체이고 동시에 깨어나려고 하는 의식이었다.

낮 동안, 내 머릿속은 항상 막이 서린 듯 흐릿했다. 사물의 정확한 거리나 질량이나 감촉을 제대로 가늠할 수가 없었다. 그리고 녹작지근한 의식의 끊김이 일정한 간격을 두고 느린 파도처럼 밀려들었다. 지하철 좌석이나 교실 책상, 혹은 저녁식사 자리에서 나는 알지 못하는 사이에 깜빡깜빡 졸았다. 의식이 어느새인지 모르게 내 몸에서 떠나간다. 세계가 소리도 없이 출렁 흔들린다. 많은 것을 바닥에 떨어뜨렸다. 연필이며 핸드백이며 포크가 소리를 내며 바닥에 굴러떨어졌다. 나는 그대로 그곳에 엎드려 자버리고 싶다고 생각했다. 하지만 안 된다. 각성覺醒이 언제나 내 곁에 있었다. 나는 그 차가운 그림자를 계속 감지한다. 나 자신의 그림자다. 기묘하다, 라고 나는 깜빡 졸면서 생각한다. 나는 나 자신의 그림자의 내측에 있다. 그 둔하고 무감각한 옅은 어둠 속에서 걸어가고 식사를 하고 누군가와 대화를 나눈다. 하지만 신기하게도 주위의 어느 누구도 내가 그런 이상한 상태라는 것을 눈치채지 못했다. 그 한 달 동안, 나는 육 킬로그램이나 빠졌다. 그렇건만 가족도 친구도, 누구 하나 그 이변을 눈치채지 못했던 것이다. 내가 내내 깜빡깜빡 조는 상태에서 살고 있다는 것을.

그렇다, 나는 말 그대로 잠 속에서 살고 있었다. 내 주위에서, 내 안에서, 다양한 것이 둔중하고 묵직하고 침침하게 탁해져 있었다. 나 자신이 이 세계에서 살아가고 존재한다는 상황 그 자체가 불확실한 환각처럼 느껴졌다. 강한 바람이 불어친다면 내 육체는 세계 저 끝까지 날려가버릴 것 같았다. 세계의 저 끝에 있는, 들은 적도 없는 땅으로. 그리고 내 육체는 그곳에서 내 의식과 영원히 각각 분리되어버리는 것이다. 그래서 나는 뭔가를 단단히 붙잡고 싶었다. 하지만 주위를 둘러봐도 붙잡을 수 있을 만한 것은 하나도 눈에 띄지 않았다.

밤이 되면 맹렬한 각성이 찾아왔다. 그 각성 앞에서 나는 완전히 무력했다. 나는 강한 힘으로 각성의 핵에 바짝 고정되었다. 그 힘은 너무도 강력했기 때문에 내가 할 수 있는 것은 아침이 올 때까지 가만히 각성하고 있는 것뿐이었다. 밤의 어둠 속에서 나는 내내 눈을 뜨고 있었다. 뭔가를 생각하는 것조차 가능하지 않았다. 시계가 시간을 새기는 소리를 들으면서 어둠이 조금씩 깊어가고, 그리고 다시 옅어지는 모습을 그저 빤히 바라보고 있는 수밖에 없었다.

하지만 어느 날, 그것은 끝났다. 아무런 징조도 없이, 아무런 계기도 없이, 진짜로 갑작스럽게 종료되었다. 아침식사 자리에서 느닷없이 정신이 아득해지는 졸음을 느꼈다. 나는 아무 말 없이 자리를 떴다. 뭔가를 테이블에서 떨어뜨렸던 것 같다. 누군가 내게 뭔가 말했던 것 같기도 하다. 하지만 아무것도 기억나지 않는다. 나는 비틀거리면서 내 방에 갔고 제대로 옷도 갈아입지 않은 채 침대에 들어가 그대로 깊은 잠에 빠져버렸다. 그로부터 스물일곱 시간을 끊임없이 잤다. 어머니가 걱정스러워서 몇 번이나 나를 흔들었다. 뺨을 때리기까지 했다. 하지만 나는 깨어나지 않았다. 스물일곱 시간, 한시도 눈을 뜨지 않았다. 꿈 한 번 꾸지 않았던 것 같다. 그리고 눈이 뜨였을 때, 나는 원래의 나로 돌아와 있었다. 아마도.

어떤 이유로 그 불면증 같은 것이 찾아왔는지, 그리고 어떤 이유로 돌연 사라져버렸는지, 나는 설명할 수 없다. 바람에 휘날려 멀리서 찾아오는 두툼한 검은 구름 같은 것이

었다. 그 구름 속에는 내가 알지 못하는 불길한 것들이 가득 채워져 있었다. 그것이 어디서 다가와 어디로 사라지는지, 아무도 알지 못한다. 하지만 아무튼 그것은 다가와 한참 동안 내 머리 위를 뒤덮고, 그리고 사라졌던 것이다.

하지만 지금 내가 잠을 못 자는 것은 그것과는 전혀 다르다. 하나에서 열까지 다르다. 나는 그냥 단순히 잠을 못 자는 것이다. 한숨도 못 잔다. 하지만 잠을 못 잔다는 사실을 제외하고는 나는 지극히 정상적인 상태다. 전혀 졸리지도 않고 의식은 말짱하게 유지되고 있다. 오히려 보통 때보다 더 말짱하다고 해도 무방하다. 몸에도 이상이 없다. 식욕도 괜찮다. 피로도 느끼지 않는다. 실질적인 관점에서 말하자면 거기에는 아무런 문제도 없고 아무런 불편도 없다. 잠이 오지 않는다는 것뿐이다.

남편도 아이도 내가 한숨도 못 잔다는 것을 알지 못한다. 그것에 대해 나는 입을 다물고 있다. 뭔가 말을 하면 병원에 가라고 할 테니까. 그리고 나는 알고 있다. 병원 같은 데 가봐야 아무것도 해결되지 않는다. 이건 내가 나 혼자서 처리하지 않으면 안 되는 일인 것이다.

내 생활은 표면적으로는 이전과 달라진 것 없이 흘러가고 있다. 매우 평온하게, 매우 규칙적으로. 나는 아침에 남편과 아이를 보낸 다음에 여느 때처럼 내 차를 몰고 쇼핑을 나간다. 남편은 치과의사이고 우리가 사는 맨션에서 차로 십여 분 거리에 병원을 갖고 있다. 그는 치과대학 시절의 친구와 공동으로 그 병원을 경영한다. 그렇게 하면 기공사도 접수처 여직원도 둘이 공동으로 둘 수 있기 때문이다. 둘 중 누군가의 예약이 가득 차면 다른 한 사람이 그 환자를 받아주는 것도 가능하다. 남편도 그 친구도 솜씨가 좋아서 거의 아무런 연줄도 없이 그 자리에서 개업하고 아직 오 년밖에 안 된 병원치고는 상당히 잘나간다. 어느 쪽인가 하면 지나치게 바쁠 정도다.

"사실은 좀 더 여유 있게 일하고 싶었는데. 하긴 그렇다고 투덜댈 일은 아니지." 남편은 말한다.

그렇죠, 라고 나는 말한다. 분명 투덜댈 일이 아니다. 병원을 개업하기 위해 우리는 은행에서 예상을 훌쩍 뛰어넘는 대출을 받지 않으면 안 되었다. 치과 병원은 거액의 설비투자를 필요로 한다. 그리고 경쟁은 가혹하다. 병원 문만 열면 그다음 날부터 환자들이 속속 밀려드는 게 아니다. 환자가 들지 않아 망해버린 치과도 많다.

병원을 개업했을 때 우리는 아직 젊고 경제적인 여유도 없고 태어난 지 얼마 안 된 아이를 떠안고 있었다. 우리가 이 터프한 세계에서 살아남을지 어떨지, 아무도 알지 못했다. 하지만 오 년 걸려 그럭저럭 우리는 살아남은 것이다. 투덜거릴 수는 없다. 대출금도 아직 삼분의 이쯤 남아있다.

"당신이 핸섬해서 환자가 밀려오는 거 아니야?" 나는 말한다. 늘 하는 농담이다. 내가 그렇게 말하는 것은 그가 전혀 핸섬하지 않기 때문이다. 어느 쪽인가 하면 남편은 이상한 얼굴을 하고 있다. 지금도 나는 이따금 이렇게 생각하는 일이 있다. 어째서 나는 이런 이상한 얼굴을 가진 사람과 결혼해버렸을까. 내게는 좀 더 생김새가 괜찮은 남자친구들이 몇 명이나 있었는데, 라고.

그의 얼굴이 어떻게 이상한지 말로는 제대로 설명할 수 없다. 핸섬하지는 않지만 그렇다고 추남인 것도 아니다. 이른바 분위기 있는 얼굴도 아니다. 솔직히 말해, 그냥 '이상하다'라고밖에는 달리 표현할 도리가 없다. 어쩌면 '종잡을 수 없다'라는 게 가장 가까운 표현인지도 모른다. 하지만 그것뿐만이 아니다. 좀 더 중요한 포인트는 남편의 얼굴을 종잡을 수 없게 하는 어떤 요소였다. 그것을 파악하면 그 '이상함'의 전체상을 이해할 수 있는 게 아닐까 싶다. 하지만 나는 그것을 할 수가 없다. 언젠가 한번, 어딘가에 필요해서 그의 얼굴을 그림으로 그려보려고 한 적이 있었다. 하지만 연필을 손에 들고 종이를 마주하자 남편이 어떤 얼굴을 하고 있는지 전혀 생각나지 않았다. 그것은 나를 깜짝 놀라게 했다. 이토록 오랜 동안 함께 살아왔는데 남편이 어떤 얼굴을 하고 있는지도 생각나지 않는 것이다. 물론 보면 안다. 머릿속에도 떠오른다. 하지만 막상 그림으로 그리려고 하면 그 전체상을 내가 거의 파악하지 못하고 있다는 것을 절실히 깨닫는 것이다. 마치 걸어가다가 보이지 않는 벽에 부딪혔을 때처럼 나는 어찌할 바를 모르고 만다. 그냥 이상한 얼굴이라고밖에는 생각나지 않는 것이다.

그 일은 나를 불안하게 만든다.

하지만 그는 세상 대부분의 사람들에게 호감을 얻고 있고, 말할 것도 없는 일이지만 그것은 그 사람 같은 직업에는 무엇보다 중요하다. 치과의사가 되지 않았더라도 그는 아마 대부분의 직업에서 성공했을 것이다. 수많은 사람들은 그를 만나 이야기하면 자기도 모르는 사이에 마음이 편안해지는 모양이었다. 목소리는 깊고 말투도 착하다. 나는 남편을 만나기 전까지 그런 타입의 사람과 한 번도 인연이 닿은 적이 없었다. 내 여자친구들도 모두 그를 마음에 들어한다. 물론 나 역시 그를 좋아한다. 사랑하고 있다고도 생각한다. 하지만 정확히 표현한다면 '특별히 마음에 드는' 건 아니라고 생각한다.

게다가 그는 어린애처럼 매우 자연스럽게 씨익 웃을 줄

안다. 보통 성인 남자들은 그런 식으로 웃지 못한다. 그리고 이건 당연한 일인지도 모르지만 아주 근사한 치아를 갖고 있다.

"내가 핸섬한 건 내 죄가 아니야." 남편은 씨익 웃으면서 말한다. 언제나 똑같은 되풀이, 그것은 우리 두 사람 사이에서만 통용되는 시시한 농담이다. 하지만 우리는 그런 농담을 의식儀式처럼 나누는 것에 의해 이른바 사실을 서로 확인하는 것이다. 어떻게든 우리가 이렇게 살아남았다는 사실을.

그는 아침 여덟 시 십오 분에 크림색 블루버드를 타고 맨션 주차장을 나선다. 아이를 옆자리에 앉히고 간다. 아이가 다니는 초등학교가 병원으로 가는 길목에 있는 것이다. 조심해요, 라고 나는 말한다. 걱정하지 마, 라고 그는 말한다. 항상 똑같은 대사의 되풀이다. 하지만 나는 그 말을 하지 않을 수 없다. 조심해요, 라고. 그리고 남편은 그렇게 대답하지 않을 수 없는 것이다. 걱정하지 마, 라고. 그는 하이든인지 모차르트인지, 아무튼 카세트테이프를 카스테레오에 꽂아 넣고 흥흥 멜로디를 흥얼거리면서 시동을 건다. 남편과 아이는 기묘할 만큼 꼭 닮은 모습으로 손을 흔든다. 똑같은 각도로 얼굴을 갸웃하고 똑같이 손바닥을 내 쪽으로 향한 채 살짝 좌우로 흔든다. 마치 누군가에게서 그런 손짓을 나란히 배우기라도 한 것처럼.

나는 내 차로 중고 혼다 시티를 갖고 있다. 색깔은 블루. 이 년 전에 나는 그 차를 여자친구에게서 거의 공짜나 다름없는 가격에 물려받았다. 범퍼도 찌그러지고 모델도 오래되었다. 군데군데 녹도 슬었다. 벌써 그럭저럭 십오만 킬로미터쯤이나 달린 차다. 이따금, 한 달에 한두 번 정도지만, 엔진이 말을 듣지 않는다. 아무리 키를 돌려도 시동이 걸리지 않는 것이다. 하지만 굳이 수리공장에 가져갈 정도의 고장은 아니다. 십여 분쯤 어르고 달래다 보면 어떻든 엔진이 부르릉 하는 기분 좋은 소리를 내며 움직인다. 어쩔 수 없지, 라고 나는 생각한다. 무엇이 됐건 누가 됐건 한 달에 한두 번쯤은 상태가 안 좋을 때도 있고 일이 잘 풀리지 않는 때도 있는 것이다. 남편은 내 차를 '당신의 당나귀'라고 부른다. 하지만 누가 뭐라고 하건 그건 나만의 자동차다.

나는 그 시티를 타고 슈퍼마켓에 쇼핑을 나간다. 쇼핑이 끝나면 청소와 빨래를 한다. 점심식사 준비를 한다. 오전 중에 되도록 부지런히 몸을 움직여 일을 해치우려고 한다. 저녁식사 준비까지 가능하면 해둔다. 그러면 오후는 온전히 내 시간이 된다.

남편이 열두 시 넘어 점심식사를 하러 돌아온다. 그는 밖

에서 식사하는 것을 좋아하지 않는다. 사람들로 북적거리고 맛도 없고 옷에 담배 냄새가 배거든, 이라고 그는 말한다. 왔다 갔다 하는 시간을 감수하면서라도 집에 돌아와 식사하는 쪽을 더 좋아하는 것이다. 어떻든 나는 점심식사 때는 그리 손이 많이 가는 요리는 하지 않는다. 그 전날 먹다 남은 것이 있으면 그것을 전자레인지에 데워서 먹고, 그게 없으면 메밀국수로 때운다. 그래서 점심을 챙기는 것 자체는 그다지 번거롭지 않다. 게다가 나 또한 혼자 아무 말 없이 밥을 먹는 것보다는 남편과 함께 먹는 편이 더 즐겁다.

한참 전, 아직 병원을 시작한 지 얼마 안 되었을 때쯤에는 오후 첫 예약이 들어오지 않는 일이 많아서 그런 때면 우리는 점심식사 후에 곧잘 침대로 갔다. 그건 멋진 섹스였다. 주위는 고요하고 따뜻한 오후의 햇살이 방 안에 넘쳤다. 우리는 지금보다 좀 더 젊고 좀 더 흡족했다.

지금도 물론 우리는 흡족하다고 생각한다. 집안에는 문젯거리가 될 만한 그늘이라고는 없다. 나는 남편을 좋아하고 신뢰한다. 그리고 그쪽도 그건 마찬가지라고 생각한다. 하지만 이건 어쩔 수 없는 일이지만, 세월과 함께 생활의 질은 조금씩 변해간다. 매사에 예전처럼 심플하지 않고 우리를 둘러싼 제약은 보다 복잡한 것이 되었다. 이제 오후 예약은 모조리 차 있다. 그는 점심식사가 끝나면 욕실에서 이를 닦고 차를 타고 서둘러 병원으로 돌아가지 않으면 안 된다. 몇 천 몇 만 개의 병든 치아들이 그를 기다리는 것이다.

남편이 병원으로 돌아간 뒤, 나는 수영복과 타월을 챙겨 들고 자동차로 스포츠클럽에 간다. 그리고 삼십 분쯤 그곳에서 수영을 한다. 수영을 하는 행위 그 자체를 딱히 좋아하는 것은 아니다. 내가 수영을 하는 것은 그저 단순히 몸에 쓸데없는 살을 붙이고 싶지 않기 때문이다. 나는 옛날부터 내 몸매의 선을 좋아했다. 내 얼굴을 좋아한 적은 한 번도 없다. 나쁘지는 않다고 생각한다. 하지만 좋아할 수는 없었다. 그러나 나는 내 몸이 좋다. 벗은 몸으로 거울 앞에 서서 그 부드러운 윤곽이며 균형 잡힌 생명감을 바라보는 것이 좋다. 거기에는 뭔가 내게 무척 중요한 것이 포함되어 있는 것처럼 느껴진다. 왜 중요한지는 모르겠지만 그래도 나는 그것을 잃고 싶지 않다고 생각한다.

나는 이제 서른 살이 된다. 서른이 되면 아는 일이지만 서른이 되었다고 이 세계가 끝나는 것은 아니다. 나이를 먹는 것이 그다지 달가운 일은 아니겠지만 그래도 나이를 먹어서 편해지는 일도 몇 가지는 있다. 그것은 생각하는 방식의 문제인 것이다. 하지만 딱 한 가지 확실한 것이 있다. 만일 서른이 된 여자가 자신의 육체를 마음에 들어 하고, 그리고 그것을 마음에 든 상태로 유지하기를 원한다면 그에 상응

하는 노력을 하지 않으면 안 된다는 것―. 나는 어머니에게서 그것을 배웠다. 어머니는 예전에는 늘씬하고 아름다운 여성이었다. 하지만 유감스럽게도 지금은 그렇지 않다.

수영을 한 뒤, 오후의 나머지 시간을 어떻게 쓰는가는 그날그날에 따라 다르다. 역 앞에 나가 슬슬 윈도쇼핑을 하는 일도 있다. 혹은 집에 돌아와 소파에 앉아서 책을 읽고 FM 방송을 듣고 그대로 끄덕끄덕 조는 일도 있다. 이윽고 아이가 학교에서 돌아온다. 나는 아이의 옷을 갈아입히고 간식을 챙겨준다. 아이는 간식을 다 먹으면 밖으로 나간다. 친구들에게로 놀러 나가는 것이다. 아직 이 학년이라서 학원에는 보내지 않고 개인 레슨도 받지 않는다. 마음껏 뛰어놀게 해주면 된다고 남편은 말한다. 아이들끼리 어울려 놀다 보면 저절로 크는 거야, 라고 한다. 아이가 밖에 나갈 때, 조심해, 라고 나는 말한다. 걱정하지 마, 라고 아이는 대답한다. 남편하고 똑같다.

저녁이 다가오면 나는 식사 준비를 한다. 아이는 여섯 시까지는 돌아온다. 그리고 텔레비전으로 만화영화를 본다. 연장 진료가 없으면 남편은 일곱 시 전에는 집에 온다. 술을 한 방울도 마시지 않는데다 사람들과의 교제를 그리 좋아하지 않는 사람이다. 일이 끝나면 곧장 집으로 돌아온다.

식사하는 동안 우리는 셋이서 이야기를 나눈다. 저마다

자신의 하루에 대해 이야기한다. 가장 말을 많이 하는 것은 아들이다. 당연한 일이기는 하지만, 주위에서 일어나는 일 하나하나가 아이에게는 신선하고 수수께끼로 가득하다. 아들이 이야기하고 남편과 내가 그에 대한 느낌을 말한다. 식사가 끝나면 아들은 자기가 좋아하는 것을 하면서 혼자 논다. 텔레비전을 보기도 하고 책을 읽기도 하고. 혹은 남편과 뭔가 게임 같은 것을 한다. 숙제가 있을 때는 제 방에 틀어박혀 숙제를 해치운다. 그리고 여덟 시 반에는 침대에 들어가 잠든다. 나는 아들에게 이불을 반듯하게 덮어주고 머리를 쓰다듬으며 잘 자라고 말하고 전등을 끈다.

그다음은 우리 부부만의 시간이다. 남편은 소파에 앉아 석간신문을 읽으면서 나와 잠깐 이야기를 나눈다. 환자 이야기, 신문기사 이야기. 그리고 하이든인지 모차르트인지를 듣는다. 나도 음악을 듣는 건 싫어하지는 않는다. 하지만 아무리 들어도 나는 하이든과 모차르트의 차이를 식별할 수 없다. 내 귀에는 둘 다 거의 비슷한 것처럼 들린다. 내가 그렇게 말하면, 차이 같은 건 알지 못해도 괜찮아, 라고 남편은 말한다. 아름다운 건 어떻든 아름다워, 그것뿐이야. 남편은 그렇게 말한다.

"당신이 핸섬한 것처럼?" 내가 말한다.

"그래, 내가 핸섬한 것처럼." 남편은 말한다. 그리고 씨익 웃는다. 굉장히 기분 좋은 모습으로.

그것이 내 생활이다. 즉 잠을 못 자게 되기 전까지의 내 생활이다. 하루하루가 거의 똑같은 일의 되풀이였다. 나는 간단하게 일기 같은 것을 쓰고 있지만 이삼 일 깜빡 잊고 쓰지 않으면 어느 날이 어느 날인지 벌써 구별하지 못한다. 어제와 그제가 뒤바뀌어도 거기에는 아무 지장도 없다. 이게 대체 무슨 인생인가, 때때로 그렇게 생각한다. 하지만 그것으로 허망함을 느낀다는 것도 아니다. 나는 그냥 단순히 깜짝 놀랄 뿐이다. 어제와 그제의 구별도 되지 않는다는 사실에. 그런 인생에 나 자신이 끼워 맞춰져버렸다는 사실에. 나 자신이 찍은 발자취가 그것을 인정할 틈도 없이 눈 깜짝할 사이에 바람에 날려가버린다는 사실에. 그런 때, 나는 욕실 거울 앞에 서서 내 얼굴을 지그시 바라본다. 십오 분쯤 머릿속을 텅 비우고 나 자신의 얼굴을 순수한 물체로서 관찰한다. 그러면 내 얼굴은 점점 나 자신에게서 분리되어간다. 그리고 어쩌다가 우연히 한자리에 동시에 존재하는 별개의 것이 되어버린다. 그렇다, 이것이 진짜 현실이야, 라고 나는 인식한다. 발자취 따위, 아무려나 상관없어. 이 동시존재를 지금 그대로 유지해가는 것, 그것이 무엇보다 내게 요구되는 일이다.

하지만 지금 나는 잠이 오지 않는다. 잠이 오지 않은 뒤로 나는 일기를 쓰는 것도 그만두어버렸다.

2

잠이 오지 않은 첫째 날 밤의 일을 나는 세세한 부분까지 분명하게 기억하고 있다. 나는 안 좋은 꿈을 꾸고 있었다. 어둡고 질척질척한 꿈이었다. 내용까지는 기억나지 않는다. 기억에 남아 있는 것은 그 불길한 감촉뿐이다. 그리고 그 꿈의 정점에서 나는 잠이 깼다. 이보다 더 오래 꿈속에 빠져 있다가는 다시는 돌이킬 수 없다 하는 위태로운 시점에 누군가에게 멱살을 잡혀 홱 끌려나오듯이 흠칫 눈이 뜨였다. 한참 동안 나는 헉헉거리며 큰 숨을 내쉬었다. 팔다리가 마비되어 제대로 움직이지 않았다. 마치 텅 빈 공동 속에 드러누운 것처럼 내 숨소리가 크게 메아리치며 들려왔다.

꿈이었어, 라고 나는 생각했다. 그리고 가만히 드러누운 채 숨이 진정되기를 기다렸다. 심장이 거칠게 움직이고 재빨리 혈액을 내보내기 위해 폐는 풀무처럼 팽창하고 수축했다. 하지만 그 진폭은 시간이 흐르면서 서서히 줄어들어 차츰 수습되어갔다. 대체 지금이 몇 시일까, 하고 나는 생각했다. 베갯머리의 시계를 보려고 했지만 고개가 잘 돌아가지 않았다. 그때 문득 발치에 뭔가 서 있는 것이 보였다. 희미한 검은 그림자. 나는 숨을 헉 삼켰다. 심장도 폐도, 내 몸속의 모든 것이 한순간에 얼어붙은 것처럼 정지했다.

내가 집중해서 쳐다보자 그러기를 기다렸던 듯이 그림자는 또렷한 형태를 취해나갔다. 우선 윤곽이 확실해지더니 그 안에 질퍽한 액체 같은 실체가 차오르고 세부의 묘사가 더해졌다. 그것은 몸에 딱 붙는 검은 옷을 입은 비쩍 마른 노인이었다. 회색 머리칼은 짧고 뺨은 움푹 파였다. 그 노인이 내 발치에 서서 아무 말도 하지 않고 나를 응시하고 있었다. 아주 큼직한 눈이어서 흰자위 부분에 돋은 붉은 핏줄까지 또렷이 보였다. 하지만 그 얼굴에는 표정이라는 것이 없었다. 눈과 코와 입은 있다. 하지만 그것들은 아무것도 보여주지 않고 어떤 의미도 품고 있지 않았다.

이건 꿈이 아니야, 라고 나는 생각했다. 나는 꿈에서 깨어난 것이다. 그것도 막연히 깨어난 게 아니라 튕겨지듯이 깨어났다. 그러니까 이건 꿈이 아니다. 이건 현실인 것이다. 나는 몸을 움직이려고 했다. 남편을 깨울까, 아니면 전등을 켤까. 하지만 아무리 애를 써도 몸을 움직일 수 없었다. 말 그대로 손가락 하나 꼼짝할 수 없었다. 움직여지지 않는다는 것이 확실해지자 나는 덜컥 겁이 났다. 그것은 바닥없는 기억의 우물에서 소리도 없이 피어오르는 냉기 같은 공포

30

였다. 그 냉기는 내 존재의 뿌리에까지 속속 스며들었다. 나는 소리를 지르려고 했다. 하지만 목소리가 나오지 않았다. 혀가 말을 듣지 않는 것이다. 내가 할 수 있는 일은 그저 그 노인을 뚫어져라 쳐다보는 것뿐이었다.

노인은 손에 뭔가를 들고 있었다. 가늘고 길쭉하고 동그스름한 것이었다. 부옇게 빛나기도 했다. 찬찬히 보고 있으려니 그 뭔가도 점점 윤곽이 또렷해져갔다. 그것은 주전자였다. 노인은 주전자를 손에 들고 있는 것이다. 오래된 중국 그림에나 나올 법한 도자기 주전자다. 이윽고 그는 그것을 위로 들어 내 발에 물을 뿌리기 시작했다. 하지만 나는 그 물의 감촉을 감지할 수 없었다. 내 발에 물이 뿌려지는 것도 보였다. 그 소리도 들렸다. 하지만 내 발은 아무것도 느끼지 못하는 것이다.

노인은 하염없이 내 발에 물을 뿌리고 있었다. 신기하게도 아무리 물을 따라도 그 주전자의 물은 없어지지 않았다. 이러다가 내 발이 썩어 문드러지지 않을까. 그런 생각이 들기 시작했다. 이렇게 오래 물을 맞고 있으니 썩어버린다고 해도 이상할 것 없다. 내 발이 썩어 문드러질지도 모른다고 생각하니 더 이상 견딜 수 없었다.

나는 눈을 감고 그 이상은 내지를 수 없을 만큼 큰 비명을 질렀다.

하지만 그 비명은 밖으로 나오지 않았다. 내 혀는 공기를 뒤흔들지 못했다. 비명은 내 몸속에서 소리도 없이 울려 퍼졌을 뿐이다. 그 소리 없는 비명은 내 몸속을 내달리고 내 심장은 고동을 멈췄다. 머릿속이 일순 하얘졌다. 비명은 세포 구석구석까지 속속들이 스며들었다. 내 안에서 뭔가가 죽고 뭔가가 녹아버렸다. 폭발의 섬광처럼 그 진공의 떨림은 내 존재에 관여하는 수많은 것들을 모조리, 뿌리째 태웠다.

눈을 떴을 때, 노인의 모습은 없었다. 주전자도 없었다. 발치에 시선을 던졌다. 침대에 물이 뿌려진 흔적은 없었다. 침대보는 마른 채였다. 그 대신 내 몸은 땀으로 흠뻑 젖어 있었다. 엄청난 양의 땀이었다. 한 인간이 이토록 많은 땀을 흘리다니, 믿어지지 않았다. 하지만 그것은 틀림없이 내가 흘린 땀이었다.

나는 손가락을 하나하나 움직여보고 그다음에는 팔을 구부려보았다. 다리도 흔들어보았다. 발목을 빙빙 돌리고 무릎을 굽혀보았다. 마음먹은 대로 되지는 않더라도 그것들은 어떻든 움직였다. 한바탕 온몸이 별 탈 없이 움직이는 것을 확인하고 나는 주의 깊게 몸을 일으켰다. 커튼을 뚫고 들어온 가로등 불빛에 희미하게 비쳐진 방을 구석구석 둘러보았다. 어디에도 노인의 모습은 없었다.

베갯머리의 시계는 열두 시 반을 가리키고 있었다. 침대에 들었던 게 열한 시 전이었으니까 잠을 잔 것은 한 시간 반 정도였다. 옆 침대에서 남편은 의식을 잃은 사람처럼 숨소리조차 내지 않고 푹 자고 있었다. 남편은 한번 잠들면 웬만한 일이 없는 한 눈을 뜨지 않는다.

나는 침대에서 내려와 욕실로 가서 땀에 젖은 옷을 벗어 세탁기 안에 던져 넣고 샤워를 했다. 그러고는 몸을 닦고 서랍에서 새 파자마를 꺼내 입었다. 그리고 거실의 플로어 스탠드를 켜고 소파에 앉아 브랜디를 한 잔 마셨다. 나는 술을 마시는 일이 거의 없었다. 남편처럼 체질적으로 마시지 못하는 건 아니고 예전에는 나름대로 꽤 마시는 편이었지만 결혼한 뒤로는 거의 마시지 않게 되었다. 하지만 그날 밤은 흥분한 신경을 진정시키기 위해 내 몸이 술을 원하고 있었다.

찬장 안에 레미마틴 한 병이 들어 있었다. 그것이 이 집에 있는 유일하게 술이라는 이름이 붙은 것이었다. 누군가에게서 선물로 받은 것이지만 한참 오래전이라서 누구에게서 받았는지도 잊어버렸다. 술병에는 부연 먼지가 엷게 쌓여 있었다. 브랜디 잔이라는 것도 물론 없어서 그냥 작은 유리잔에 따라서 천천히, 아주 조금씩 마셨다.

몸은 아직도 가늘게 떨렸지만 공포감은 점차 엷어져갔다.

이게 바로 가위눌림이야, 라고 나는 생각했다. 자다가 가위에 눌린 건 처음이지만 그것을 경험한 대학 때 여자친구에게서 전에 말로는 들은 적이 있었다. 그것은 생생하고 한없이 선명하기 때문에 도저히 꿈이라고 생각되지 않는다, 라고 그녀는 말했다. 그때도 전혀 꿈 같지 않았고 지금도 여전히 그건 꿈 같지 않아, 라고. 분명 꿈 같지 않다고 나는 생각했다. 하지만 어떻든 그건 꿈이었다. 꿈이 아닌 것 같은 종류의 꿈이었던 것이다.

공포감이 누그러들었어도 몸의 떨림은 좀처럼 사라지지 않았다. 내 살갗은 지진 뒤의 파문처럼 언제까지고 파들파들 떨렸다. 그 가느다란 떨림이 눈으로도 훤히 보였다. 그 비명 때문이야, 라고 나는 생각했다. 소리가 되지 않은 그 비명이 내 몸속에 틀어박혀서 아직도 파르르 떨리게 하는 것이다.

나는 눈을 감고 다시 한 모금 브랜디를 마셨다. 뜨끈한 액체가 목구멍을 타고 느릿느릿 위로 흘러가는 게 느껴졌다. 살아 있는 뭔가가 기어가는 듯한 감촉이었다.

그러자 갑작스레 아이가 걱정이 되었다. 아이를 생각하자 심장이 다시 급하게 두근거렸다. 나는 소파를 떠나 종종걸음으로 아이 방에 갔다. 아이도 남편과 마찬가지로 푹 잠들어 있었다. 한쪽 팔이 입가에 걸렸고 또 한쪽 손은 옆에

내던져져 있었다. 그 얼굴에서는 아무런 불안도 보이지 않았다. 나는 아이의 흐트러진 이불을 바로잡아주었다. 내 잠을 난폭하게 무너뜨린 것이 무엇이었든, 아무튼 그건 나 한 사람만 습격한 것 같았다. 남편도 아이도 아무것도 감지하지 못하고 있었다.

나는 거실로 돌아와 한참이나 방 안을 하릴없이 오락가락했다. 전혀 졸리지 않았다.

브랜디를 한 잔 더 마셔보자고 생각했다. 몸을 따듯하게 해서 신경을 가라앉히고 싶었다. 그 톡 쏘는 강한 향기를 다시 한 번 맛보고 싶었다. 하지만 잠시 망설이다가 결국 마시지 않기로 했다. 술을 마시는 건 오랜만이었고 다음 날까지 술기운을 남기고 싶지는 않았다. 나는 브랜디 병을 찬장에 넣고 유리잔을 싱크대로 들고 가서 씻었다. 그리고 주방 냉장고에서 딸기를 꺼내 먹었다.

문득 바라보니 살갗의 떨림은 잠잠해져 있었다.

검은 옷을 입은 그 노인은 대체 누구였을까, 하고 나는 생각했다. 전혀 본 적이 없는 노인이다. 그 검은 옷도 기묘했다. 몸에 딱 맞는 스포츠웨어 같은, 하지만 척 보기에도 고풍스러운 옷이었다. 가면처럼 표정이 빠져버린 얼굴. 눈 한 번 깜빡이지 않는 검게 충혈된 눈. 그리고 왜 그 노인은 내 발에 물을 뿌렸던 것일까.

뭐가 뭔지 알 수 없었다. 그 노인도 물도, 마음에 짚이는 것이 없었다.

내 친구가 가위에 눌렸을 때, 그녀는 약혼자의 집에 묵으러 가 있었다. 그녀가 잠을 자는데 쉰 살쯤 된 남자가 나타나 못마땅한 표정으로 당장 이 집에서 나가라고 말했다. 그녀는 그 말을 듣는 내내 전혀 꼼짝도 할 수 없었다. 그리고 역시 엄청난 땀을 흘렸다. 이 사람은 약혼자의 돌아가신 아버지의 유령임에 틀림없다, 그 아버지가 내게 나가라고 하는 것이다, 라고 그녀는 그때 생각했다. 하지만 다음 날 약혼자가 보여준 아버지의 사진은 간밤에 본 남자와는 전혀 다른 얼굴이었다. 아마 내가 몹시 긴장했었나 봐, 라고 그녀는 말했다. 그래서 가위에 눌렸던 거야, 라고.

하지만 나는 긴장 따위는 하지 않았다. 이곳은 내 집이고 나를 위협하는 건 아무것도 없을 터였다. 왜 내가 지금 여기서 가위에 눌려야 하는 것일까.

나는 고개를 저었다. 더 이상 생각하지 말자. 그건 그저 리얼한 꿈이었다. 아마도 나도 모르는 사이에 피곤이 쌓였던 것이리라. 분명 엊그제 했던 테니스 때문이다. 수영을 한 뒤에 클럽에서 만난 친구가 하자는 대로 좀 지나치게 오래 한 것이다. 그 뒤로 팔다리가 한동안 나른했었잖아.

나는 딸기를 다 먹고 소파에 누웠다. 그리고 시험 삼아 잠깐 눈을 감아보았다.

전혀 잠이 오지 않았다.

이걸 어쩌, 라고 나는 생각했다. 정말 눈곱만큼도 졸리지 않는 것이다.

졸음이 올 때까지 책이나 읽자고 생각했다. 침실에 들어가 책장에서 소설 한 권을 찾아왔다. 불을 켜고 뒤적뒤적 책을 찾았는데 남편은 한 번 뒤척이는 법도 없었다. 내가 골라온 책은 《안나 카레니나》였다. 내가 그때 읽고 싶었던 것은 길고 긴 러시아 소설이었다. 《안나 카레니나》는 아주 오래전에, 분명 고등학생 때 한 번 읽은 적이 있다. 줄거리는 거의 기억나지 않았다. 기억에 남은 것은 첫 문장과 마지막에 주인공이 선로에 뛰어들어 자살한다는 부분뿐이었다. '행복한 가정은 모두 거기서 거기지만 불행한 가정은 모두 제각기 다른 방식으로 불행하다.' 그것이 첫 문장이었다. 주인공이 자살하는 클라이맥스를 미리 암시해주는 장면은 분명 앞부분 쪽에 나왔던 것 같다. 그리고 경마장 장면이 있었다. 아니, 그건 다른 소설이었던가?

나는 소파로 돌아와 앉아 책장을 펼쳤다. 이렇게 자리를 잡고 책을 읽어보는 게 대체 몇 년 만이야, 라고 생각했다. 물론 한가한 오후 시간에 삼십 분에서 한 시간쯤 책을 펼쳐보는 일은 있었다. 하지만 그건 정확히는 독서라고 할 수

없었다. 책을 읽고 있어도 나는 금세 딴생각에 빠지곤 했다. 아이에 대해서라든가 쇼핑에 대해, 혹은 냉장고 상태가 별로 좋지 않다느니, 친척 결혼식에 어떤 옷을 입고 가야 하나, 혹은 한 달 전에 아버지가 위 절제 수술을 받았는데 등등, 온갖 것이 머릿속에 떠오르고 그것이 사방팔방으로 가지를 쳐나갔다. 문득 깨닫고 보면 시간만 흘러갔을 뿐 책장은 거의 넘어가지 않았다.

그렇게 나는 어느새인가 책을 읽지 않는 생활에 익숙해져버렸다. 새삼 생각해보니 그건 아주 이상한 일이었다. 어렸을 때부터 책을 읽는 것은 항상 내 생활의 중심이었기 때문이다. 초등학생 때부터 도서관의 책을 모조리 찾아 읽었고, 용돈은 거의 모두 책값으로 사라졌다. 먹을 것을 줄여가며 읽고 싶은 책을 사들였다. 중학교에서도 고등학교에서도 나만큼 책을 읽는 사람은 없었다. 나는 다섯 형제자매의 한가운데였고 부모님은 두 분 다 일을 갖고 있어서 매일 바빴기 때문에 가족 중 어느 누구도 나에 대해 신경을 쓰지 않았다. 그래서 나는 혼자 마음껏 책을 읽을 수 있었다. 독서 감상문 콩쿠르가 있으면 반드시 응모했다. 도서권 상품이 탐났기 때문이었는데 대개는 매번 입상했다. 대학은 영문과에 진학했다. 그곳에서도 좋은 성적을 거두었다. 캐서린 맨스필드에 대해 쓴 졸업논문은 최고점을 받았다. 교수

님은 대학원에 남지 않겠느냐고 말했다. 하지만 결국 나는 학구적인 인간이 아니었고 나 스스로도 그건 잘 알고 있었다. 단지 책 읽기를 좋아한다는 것뿐이었다. 논리적인 해석이나 학술적인 토론에는 소질이 없다. 게다가 대학에 남고 싶었다고 해도 우리 집에는 나를 대학원에 보낼 만한 경제적인 여유가 없었다. 가난한 집안은 아니었지만 내 밑으로 아직 여동생이 둘이나 있었다. 대학을 졸업하면 나는 집을 나와 독립하지 않으면 안 되었다.

내가 마지막으로 책 한 권을 제대로 꼼꼼하게 읽어본 게 언제였을까. 그때 나는 어떤 책을 읽었을까. 아무리 생각해도 그 책의 제목조차 생각나지 않았다. 인간의 삶은 왜 이토록 급격히 변해버리는 걸까, 하고 나는 생각했다. 뭔가에 들씌운 것처럼 마구 책을 읽어대던 그 옛날의 나는 어디로 가버렸을까. 그 세월, 그리고 기이할 만큼 강했던 그 열정은 과연 내게 어떤 의미를 가진 것이었을까.

하지만 그날 밤 나는 《안나 카레니나》에 의식을 집중할 수 있었다. 딴생각은 전혀 없이 한 장 한 장 책장을 넘겨나갔다. 안나 카레니나와 브론스키가 모스크바의 철도역에서 마주치는 대목까지 단숨에 읽은 뒤, 책장 틈새에 책갈피를 끼우고 다시 한 번 브랜디 병을 꺼내 유리잔에 따랐다.

옛날에 읽었을 때는 알지 못했지만, 생각해보면 참으로 신기한 소설이다. 이 소설의 여주인공 안나 카레니나는 무려 116쪽까지 한 번도 모습을 드러내지 않는 것이다. 그 시대의 독자들에게는 이런 게 별로 부자연스러운 일이 아니었던 것일까. 오블론스키라는 재미없는 인물의 일상에 대한 묘사가 한없이 줄줄 이어져도 그들은 그것을 지그시 참으며 아름다운 여주인공이 등장하기를 얌전히 기다렸을까. 그럴지도 모른다. 아마 그 당시 사람들에게는 한가한 시간이 얼마든지 있었을 것이다. 적어도 소설을 읽을 만한 계층의 사람들에게는.

문득 깨닫고 보니 시곗바늘이 세 시를 가리키고 있었다. 세 시? 하지만 나는 전혀 졸리지 않았다.

나는 입술을 잘근잘근 깨물며 잠시 시계의 초침을 바라보았다.

이대로 언제까지나 책을 읽을 수 있을 것 같다. 이야기가 어떻게 이어질지, 그다음이 너무도 궁금하다. 하지만 아무리 그래도 이제 그만 자야 한다.

예전에 불면증에 시달렸던 때가 생각났다. 두툼하고 무감각한 구름에 휘감겨 살았던 나날들. 두 번 다시 그런 건 싫었다. 그때 나는 아직 학생이었다. 그래서 어떻게든 버틸 수 있었다. 하지만 지금은 그렇지 않다. 나는 아내이며 엄마다. 거기에는 책임이라는 것이 있다. 남편 점심도 챙겨야 하고 아이도 돌봐줘야 한다.

하지만 이대로 침대에 들어가도 분명 한숨도 못 잘 것이다. 나는 그것을 알고 있었다. 고개를 내저었다. 어쩔 수 없어. 아무리 해도 잠은 올 것 같지 않고, 게다가 소설의 그다음을 읽고 싶다. 나는 한숨을 내쉬며 테이블 위의 책으로 눈길을 돌렸다.

결국 창밖이 환해질 때까지 《안나 카레니나》를 몰두해서 읽었다. 안나와 브론스키는 무도회에서 서로를 보았고, 그리고 숙명적인 사랑에 빠졌다. 안나는 경마장(역시 경마장이 나왔다)에서 브론스키의 낙마를 보고 넋이 나가 남편에게 자신의 부정을 고백한다. 나는 브론스키와 함께 말을 탄 채 장애물을 뛰어넘고 사람들의 환성을 들었다. 동시에 관객석에서 브론스키의 낙마를 지켜보았다. 나는 책을 내려놓고 불을 끄고 주방에 들어가 커피를 데워 마셨다. 머릿속에 남아 있는 소설 장면과 갑작스럽게 다가온 강한 공복감 때문에 제대로 된 생각은 하나도 할 수 없었다. 내 의식과 육체는 어딘가에서 어긋난 상태로 고정되어버린 것 같았다. 나는 빵을 잘라 버터와 머스터드소스를 바르고 치즈와 상추를 넣은 샌드위치를 만들었다. 그리고 싱크대 앞에 선 채 그것을 먹었다. 그렇게나 배가 고픈 것은 나로서는 무척 드

문 일이었다. 숨이 막힐 만큼 폭력적인 공복감이었다. 샌드
위치를 다 먹고서도 여전히 배가 고파서 다시 똑같은 것을
한 개 더 만들어 먹었다. 그리고 두 잔째의 커피를 마셨다.

3

가위에 눌린 것도 아침까지 한숨도 못 잔 것도 남편에게는 말하지 않았다. 딱히 숨기려는 마음은 없었다. 그저 일일이 말할 필요도 없는 일이라고 생각했을 뿐이다. 말한다고 해결될 일도 아니고, 게다가 생각해보면 하룻밤쯤 못 잔 것은 그리 큰 문제도 아닐 터였다. 누구에게나 이따금 그런 일이 있는 것이다.

여느 때와 마찬가지로 남편에게 커피를 챙겨주고 아이에게는 핫 밀크를 주었다. 남편은 토스트를 먹고 아이는 콘플레이크를 먹었다. 남편은 신문을 주욱 읽고는 몇몇 기사에 관해 의견을 말했다. 아이는 새로 배운 노래를 작은 소리로 부르고 있었다. 그런 다음에 두 사람은 크림색 블루버드를 타고 나갔다. 조심해요, 라고 나는 말했다. 걱정하지 마, 라고 남편은 말했다. 두 사람은 내게 손을 흔들었다. 평소와 똑같았다.

두 사람이 나간 뒤, 나는 소파에 앉아, 이제 어떻게 할까 생각했다. 무엇을 해야 하는가, 무엇을 하지 않으면 안 되는가. 나는 냉장고 문을 열고 안의 것들을 점검했다. 그리고 오늘 하루 쇼핑을 하지 않아도 별 지장이 없다는 것을 확인했다. 빵도 있다. 우유도 있다. 달걀도 있다. 고기도 냉동되어 있다. 대충 필요한 만큼의 야채도 있다. 내일 점심 식사 때까지 쓸 재료는 빠짐없이 갖춰져 있었다.

은행에 갈 일이 있지만 반드시 오늘 중으로 가야 하는 건 아니다. 내일로 미뤄도 된다.

나는 소파에 앉아《안나 카레니나》를 계속 읽기 시작했다. 다시 읽으면서 새삼 알게 된 것이지만 나는《안나 카레니나》의 내용을 거의 기억하지 못하고 있었다. 등장인물도 장면도 대부분 잊어버렸다. 전혀 다른 책을 읽고 있다는 생각까지 들었다. 참 신기하다고 나는 생각했다. 처음 읽었을 때 나름대로 감동도 했을 텐데 결국 아무것도 머릿속에 남아 있지 않았다. 그 당시에 품었을 감정의 떨림이나 흥분의 기억은 어느새 나를 떠나 어딘가로 사라져버렸다.

그러면 그 시절에 내가 책을 읽기 위해 소비했던 그 엄청난 시간은 대체 무엇이었을까.

나는 책 읽기를 멈추고 한참 동안 그것에 대해 생각했다. 하지만 뭐가 뭔지 잘 알 수 없었고, 그러다 보니 내가 무엇에 대해 생각하고 있는지도 알 수 없었다. 문득 깨닫고 보니 나는 멍하니 창밖의 나무를 바라보고 있었다. 잎사귀가

촘촘하게 무성해진 커다란 느티나무를. 나는 머리를 저으며 다시 그다음을 읽기 시작했다.

상권의 중간쯤을 넘어선 책장에 초콜릿 부스러기가 끼여 있었다. 초콜릿은 바싹 말라 부슬부슬해진 채 책장에 달라붙어 있었다. 고등학생이던 내가 분명 초콜릿을 먹으며 이 소설을 읽은 것이다. 나는 뭔가를 먹으면서 책을 읽는 것을 좋아했다. 그러고 보니 결혼한 뒤로 초콜릿도 먹지 않게 되었다. 단 과자를 먹는 것을 남편이 싫어했기 때문이다. 아이에게도 거의 주지 않았다. 그래서 집 안에 과자류는 일절 놓아두지 않았다.

하얗게 변색한 오랜 옛날의 초콜릿 조각을 바라보는 사이에 나는 간절히 초콜릿 먹고 싶어졌다. 옛날과 똑같이 초콜릿을 먹으면서 《안나 카레니나》를 읽고 싶었다. 온몸의 세포가 초콜릿을 원하며 숨을 죽이고 바짝 오그라드는 것처럼 느껴졌다.

카디건을 걸치고 엘리베이터로 아래층에 내려갔다. 그리고 근처 편의점에 들어가 그야말로 달콤해 보이는 밀크 초콜릿 두 개를 샀다. 가게를 나서자마자 포장지를 뜯고, 걸어오면서 초콜릿 한 조각을 입에 넣었다. 밀크 초콜릿 향기가 입안 가득 퍼졌다. 그 거침없는 단맛이 온몸 구석구석에 속속 스며드는 모양이 생생하게 느껴졌다. 엘리베이터 안

에서 나는 또 한 조각을 입에 넣었다. 엘리베이터 안에도 초콜릿 냄새가 감돌았다.

소파에 앉아 초콜릿을 먹으면서 《안나 카레니나》의 그다음 이야기를 읽었다. 조금도 졸리지 않았다. 피곤함도 느끼지 않았다. 나는 집중해서 계속 책을 읽었다. 초콜릿 한 갑을 다 먹고는 두 갑째의 포장지를 뜯어 그 반절을 먹었다. 상권을 삼분의 이쯤 읽은 참에 나는 시계를 보았다. 열한 시 사십 분이었다.

열한 시 사십 분?

이제 곧 남편이 돌아온다. 나는 황급히 책을 덮고 주방으로 갔다. 메밀국수를 삶기 위해 냄비에 물을 받아 불에 올렸다. 그사이에 미역을 불려 초무침을 만들었다. 파를 다지고 생강을 갈아 냉장고에서 꺼내온 두부에 얹어 냉두부 요리도 만들었다. 그러고는 욕실에 가서 꼼꼼하게 이를 닦아 초콜릿 냄새를 없앴다.

물이 끓는 것과 거의 동시에 남편이 돌아왔다. 예상보다 진료가 빨리 끝났어, 라고 남편은 말했다.

우리는 둘이서 메밀국수를 먹었다. 남편은 메밀국수를 먹으면서, 구입을 고려하고 있는 의료기기에 대한 이야기를 했다. 기존의 것보다 치석을 훨씬 효과적으로 제거할 수 있는 새로운 기계였다. 시간도 단축된다. 가격은 뭐 항상 그렇듯이 상당히 비싸지만, 그래도 투자할 가치가 있다고 생각해, 라고 남편은 말했다. 요즘은 치석 제거만을 위해 찾아오는 사람도 많거든. 당신은 어떻게 생각해? 나는 식사 중에 치석 이야기를 듣고 싶지도 않았고 그런 것을 깊이 생각하고 싶지도 않았다. 나는 경마의 장애물 경주에 대해 이래저래 생각해보고 싶었다. 하지만 그럴 수만은 없었다. 남편은 진지한 것이다. 나는 그 기계의 가격을 물어보고 그것에 대해 생각하는 척했다. 꼭 필요하다면 구입하면 되잖아, 라고 나는 가능한 한 환한 목소리로 말했다. 돈이야 어떻게든 마련될 거야. 노는 데 쓰는 것도 아닌데.

그렇지? 라고 남편은 말했다. 노는 데 쓰는 것도 아닌데, 라고 내 말을 되풀이했다. 그리고 그다음은 말없이 메밀국수를 먹었다.

창밖의 느티나무 가지에 큼직한 새가 쌍으로 앉아 지저귀고 있었다. 나는 딱히 바라본다는 것도 없이 그것을 바라보았다. 졸리지 않았다. 전혀 졸리지 않았다. 어째서일까.

그릇을 정리하는 동안 남편은 소파에 앉아 신문을 읽었다. 그는 신문을 하나도 빠뜨리지 않고 샅샅이 읽는다. 그 옆에 《안나 카레니나》가 놓여 있었지만 거기에는 딱히 주의를 기울이지 않았다. 내가 어떤 책을 읽건 말건 전혀 흥미가 없는 것이다.

내가 설거지를 마치자, 오늘은 아주 좋은 일이 있어, 라고 남편은 말했다. 무슨 얘기일 것 같아?

모르겠네, 라고 나는 말했다.

오후 첫 환자의 예약이 취소됐어. 그래서 한 시 반까지 놀아도 돼. 그렇게 말하며 남편은 씨익 웃었다.

생각해봤지만 왜 그것이 아주 좋은 일인지 나는 얼핏 감이 잡히지 않았다. 왜지?

그것이 잠자리를 원하는 말이라고 깨달은 건 그가 자리에서 일어나 나를 침대로 청했을 때였다. 하지만 나는 전혀 그럴 마음이 나지 않았다. 왜 지금 여기서 그런 일을 해야만 하는지 이해할 수 없었다. 나는 어서 빨리 책으로 돌아가고 싶었다. 소파에 혼자 누워 초콜릿을 먹으면서 《안나 카레니나》의 책장을 넘기고 싶었다. 나는 설거지를 하면서도 줄곧 브론스키라는 인간의 존재에 대해 생각하고 있었다. 어떻게 톨스토이는 등장인물을 모조리 이토록 능숙하게 자신의 손아귀에 넣어버리는 걸까. 그는 매우 멋지고 정확한 묘사력을 갖고 있다. 선이나 악조차도 선이나 악이기 이전에 하나의 총체적인 정경情景으로서―.

나는 눈을 감고 손끝으로 관자놀이를 지그시 눌렀다. 실은 오늘 아침부터 계속 머리가 좀 아파, 라고 말했다. 미안해, 정말 미안하지만, 이라고. 나는 이따금 심한 두통에 시

달리는 일이 있었기 때문에 남편은 내 변명을 순순히 받아주었다. 그러면 무리하지 말고 좀 누워서 쉬는 게 좋겠네, 라고 그는 말했다. 그 정도로 심하지는 않아, 라고 나는 말했다. 그는 한 시 넘어서까지 소파에 앉아 작은 소리로 클래식 음악을 들으며 신문을 읽었다. 그러고는 다시 의료기기 이야기를 했다. 값비싼 최신 기기를 들여놓아도 이삼 년이면 구식이 되어버려서 자꾸자꾸 다시 사들여야 한다, 의료기기 제조회사만 실컷 돈을 버는 구조다, 라는 식의 이야기였다. 나는 이따금 맞장구를 쳤지만 거의 한 마디도 듣고 있지 않았다.

남편이 오후 진료를 하러 나가자 나는 신문을 접어놓고 소파의 쿠션을 탕탕 두드려 원래 자리에 돌려놓았다. 그리고 창틀에 몸을 기대고 방 안을 둘러보았다. 뭐가 어떻게 된 건지 알 수 없었다. 어째서 졸리지 않는 걸까. 옛날에 몇 번 밤샘을 한 적은 있었다. 하지만 이렇게 오래도록 깨어 있었던 일은 한 번도 없다. 보통 때라면 진즉에 고꾸라져 잠에 빠졌을 것이고, 만일 잠들지 못했다 해도 졸려서 쩔쩔맸을 것이다. 하지만 내 의식은 평소보다 더 말짱했다.

나는 주방에 가서 커피를 끓여 마셨다. 그리고 이제부터 어떻게 할까 생각했다. 물론 《안나 카레니나》를 계속 읽고 싫었다. 하지만 그와 동시에 평소와 마찬가지로 수영장에 가고 싶기도 했다. 상당히 망설인 끝에 역시 수영을 하러 가기로 했다. 잘 설명할 수는 없지만 마음껏 몸을 움직이는 것으로 내 몸속에서 뭔가를 몰아내고 싶다는 식으로 느꼈다. **몰아낸다고?** 하지만 대체 무엇을 몰아낸다는 것일까. 나는 그것에 대해 잠시 생각해보았다.

무엇을 몰아낸다는 것인가.

모르겠다.

하지만 그 뭔가는 내 몸속에서, 저 멀리 보이는 구름처럼 조그맣고 단단하게 떠돌고 있었다. 나는 그것에 이름을 붙여주고 싶었지만 그 단어는 내 머릿속에는 떠올라주지 않았다. 그것은 뭔가일 뿐이었다. 나는 말을 찾아내는 데 서툴다. 분명 톨스토이라면 딱 맞는 단어를 찾아냈을 텐데.

아무튼 나는 평소와 마찬가지로 가방에 수영복을 넣고 시티를 타고 스포츠클럽에 갔다. 수영장에는 아는 사람은 아무도 없었다. 학생인 듯한 젊은 남자 한 명과 뚱뚱한 중년 여자 한 명이 수영을 하고 있을 뿐이었다. 안전요원이 따분한 듯 수영장 물을 지켜보고 있었다.

수영복으로 갈아입고 물안경을 쓰고 평소와 마찬가지로 삼십 분 동안 수영을 했다. 하지만 삼십 분으로는 충분하지 않아서 그 뒤에도 십오 분쯤 더 수영을 했다. 마지막으로

전력을 다해 자유형으로 왕복했다. 숨은 찼지만 몸에는 아직 힘이 넘쳤다. 내가 물에서 나오자 주위 사람들이 나를 흘끔흘끔 쳐다보았다.

세 시까지는 아직 시간 여유가 있었기 때문에 은행에 가서 볼일을 끝냈다. 슈퍼마켓에 들러 쇼핑을 할까도 생각했지만 그대로 집에 돌아왔다. 그리고 다시《안나 카레니나》를 읽으면서 남아 있던 초콜릿을 먹었다. 근처 편의점에 나가 새 초콜릿 두 개를 샀다. 네 시에 아들이 돌아오자 야채 주스를 먹이고 내가 만든 과일 젤리를 내주었다. 그러고는 저녁식사 준비를 했다. 냉동실에서 고기를 꺼내 해동하고 야채를 썰어 볶을 준비를 했다. 된장국도 끓이고 밥도 안쳤다. 나는 잽싸게 기계적으로 일을 해치웠다.

그러고는 다시《안나 카레니나》를 읽었다.

졸리지 않았다.

4

열 시가 되자 나는 남편과 함께 잠자리에 들었다. 그리고 함께 자는 척했다. 남편은 곧바로 잠들었다. 베갯머리의 전등을 끄자 거의 한순간에 남편은 잠이 들어버렸다. 마치 전등 스위치와 그의 의식이 어딘가에서 직렬로 이어져 있는 것처럼.

참 대단하다고 나는 생각했다. 이런 사람, 별로 없다. 잠이 오지 않아 힘들어 하는 사람이 훨씬 더 많은 것이다. 아버지가 그랬다. 아버지는 항상 잠을 푹 자지 못했다고 투덜거리곤 했다. 쉽게 잠이 오지 않는데다 아주 작은 소음이나 기척에도 눈이 떠지는 것이다.

하지만 남편은 그렇지 않다. 한번 잠들면 무슨 일이 있건 아침까지 일어나지 않는다. 신혼 초에 나는 그게 재미있어서 이 사람은 대체 어떻게 하면 눈을 뜰까 하고 몇 번 실험을 해보기도 했다. 스포이트로 얼굴에 물을 떨어뜨리기도 하고 브러시로 코끝을 문질러보기도 했다. 하지만 그는 절대로 일어나지 않았다. 끈질기게 계속했더니 마지막에야 겨우 불쾌한 신음소리를 냈을 뿐이다. 남편은 꿈조차 꾸지 않았다. 최소한 어떤 꿈을 꾸었는지 전혀 생각해내지 못한다. 물론 가위 같은 것에 눌린 적도 없다. 진창에 파묻힌 거북이처럼 그저 아무 생각 없이 잠만 잘 뿐이다.

십 분쯤 누워 있다가 나는 가만히 침대를 나왔다. 그리고 거실에 나가 플로어스탠드를 켜고 유리잔에 브랜디를 따랐다. 그리고 소파에 앉아 한 모금 한 모금 핥듯이 브랜디를 마시면서 책을 읽었다. 마음이 내키면 찬장에 숨겨둔 초콜릿을 꺼내 먹었다. 그러다 보니 아침이 다가왔다. 나는 책장을 덮고 커피를 마셨다. 그리고 샌드위치를 만들어 먹었다.

하루하루가 그렇게 똑같이 흘러갔다.

나는 재빨리 집안일을 해치우고 오전 내내 책을 읽었다. 점심시간이 다가오면 책을 내려놓고 남편을 위해 식사를 준비했다. 남편이 오후 한 시 전에 다시 병원에 나가면 나는 차를 타고 수영장에 가서 수영을 했다. 잠이 오지 않게 된 뒤부터는 날마다 꼬박 한 시간 동안 수영을 했다. 삼십 분으로는 도저히 성에 차지 않았다. 수영하는 동안, 나는 거기에 의식을 집중했다. 다른 일은 아무것도 생각하지 않았다. 효과적으로 몸을 움직이는 것만 생각하면서 규칙적으로 숨을 들이쉬고 내쉬었다. 아는 사람을 만나도 거의 대화도 하지 않았다. 간단히 인사를 나눌 뿐이다. 함께 어울리기를 청하면, 미안해요, 지금 볼일이 있어서 돌아가야 해요, 라고 말했다. 어느 누구와도 만나서 이러고저러고 하고 싶지 않았다. 누군가와 차를 마시며 잡담을 나눌 만한 여유가 나에게는 없는 것이다. 흡족할 만큼 수영을 하고 나면 한시라도 빨리 집에 돌아가 책을 읽고 싶었다.

　의무로서 쇼핑을 하고 요리를 하고 청소를 하고 아이를 돌봤다. 의무로서 남편과 섹스를 했다. 익숙해져버리면 그건 결코 어려운 일이 아니다. 오히려 간단한 일이다. 머리와 육체의 커넥션을 잘라버리면 되는 것이다. 그것뿐이다. 내 몸이 거의 자동적으로 움직이는 동안에 내 의식은 또 다른 공간을 떠돌았다. 나는 아무 생각도 하지 않고 집안일을 해치웠다. 아이에게 간식을 주고 남편과 세상 이야기를 나누었다.

　잠이 오지 않은 뒤로 내가 생각한 것은, 현실이란 참 얼마나 손쉬운가, 라는 것이었다. 현실을 감당하는 일 따위, 너무도 간단하다. 그것은 그저 현실에 지나지 않는다. 그것은 그냥 집안일이고 그냥 성교이고 그냥 가정에 지나지 않는다. 기계의 작동과 마찬가지여서 한 차례 운용하는 절차를 익혀버리면 그다음은 끝없는 반복일 뿐이다. 이쪽 버튼을 누르고 저쪽 레버를 당긴다. 눈금을 조절하여 뚜껑을 덮고

타이머를 맞춘다. 그냥 그것의 반복이다.

물론 이따금 변화는 있었다. 시어머니가 찾아와 함께 저녁을 먹는다. 일요일에 아이와 셋이서 동물원에 간다. 아이가 지독한 설사를 한다.

하지만 그런 일들은 내 존재를 뒤흔들지는 않았다. 그것들은 소리 없는 바람처럼 내 주위를 스쳐 지나갔을 뿐이다. 나는 시어머니와 세상 돌아가는 이야기를 하고, 네 사람이 먹을 식사를 준비하고, 곰 우리 앞에서 사진을 찍고, 아이의 배를 따듯하게 해주고 약을 먹였다.

아무도 나의 변화를 눈치채지 못했다. 내가 전혀 잠을 못 잔다는 것도, 내가 끝없이 책을 읽는다는 것도, 내 의식이 현실로부터 몇 백 몇 만 킬로미터나 떨어진 장소에 있다는 것도, 아무도 눈치채지 못했다. 내가 아무리 의무적으로, 기계적으로, 아무 애정도 감정도 기울이지 않은 채 현실의 일들을 처리해버려도 남편도 아들도 시어머니도 평소와 똑같이 나를 대해주었다. 그들은 오히려 평소보다 더 나를 편안하게 여기는 것처럼 보이기까지 했다.

그렇게 일주일이 지났다.

끊임없는 각성이 이 주일째로 접어들었을 때, 나는 역시 조금씩 불안해졌다. 이건 어떻게 생각해봐도 기묘한 사태인 것이다. 인간이란 원래 잠을 자는 동물이고, 잠을 자지 않는 인간이란 없다. 예전에 사람을 잠들지 못하게 하는 고문에 대해 어딘가에서 읽은 적이 있다. 나치가 행했던 고문이다. 사람을 좁은 방에 가두고 잠들지 못하게 강제로 눈을 벌리고 계속 빛을 쪼이거나 큰 소리로 잡음을 울린다. 그렇게 하면 인간은 발광해서 이윽고 죽음에 이른다.

어느 정도의 기간에 발광이 시작되는지, 기억나지 않았다. 사흘인가 나흘인가, 아마 그런 정도일 것이다. 내 경우는 잠을 못 잔 지 벌써 일주일이 넘었다. 그런데도 내 몸은 전혀 쇠약해지지 않았다. 오히려 평소보다 건강할 정도였다.

나는 어느 날 샤워를 한 뒤에 알몸 그대로 전신거울 앞에 서보았다. 그리고 내 몸의 선이 터질 듯한 생명력으로 가득 찬 것을 발견하고 깜짝 놀랐다. 목에서부터 복사뼈까지 온몸을 빠짐없이 체크해봤지만 거기에서 한 조각의 군살도 한 줄기의 주름도 발견할 수 없었다. 내 몸은 물론 소녀 시절의 몸매 그대로는 아니었다. 하지만 피부는 예전에 비해서도 훨씬 더 윤기 있고 팽팽함이 있었다. 나는 시험 삼아 뱃살을 손끝으로 잡아보았다. 그것은 탱탱하게 기막힌 탄력을 유지하고 있었다.

게다가 나 스스로 생각한 것보다 더 예뻐진 것을 깨달았다. 나는 다시 젊어진 것처럼 보였다. 아마 스물네 살이라고 해도 통할 것이다. 피부도 매끈하고 눈에는 생기가 반짝

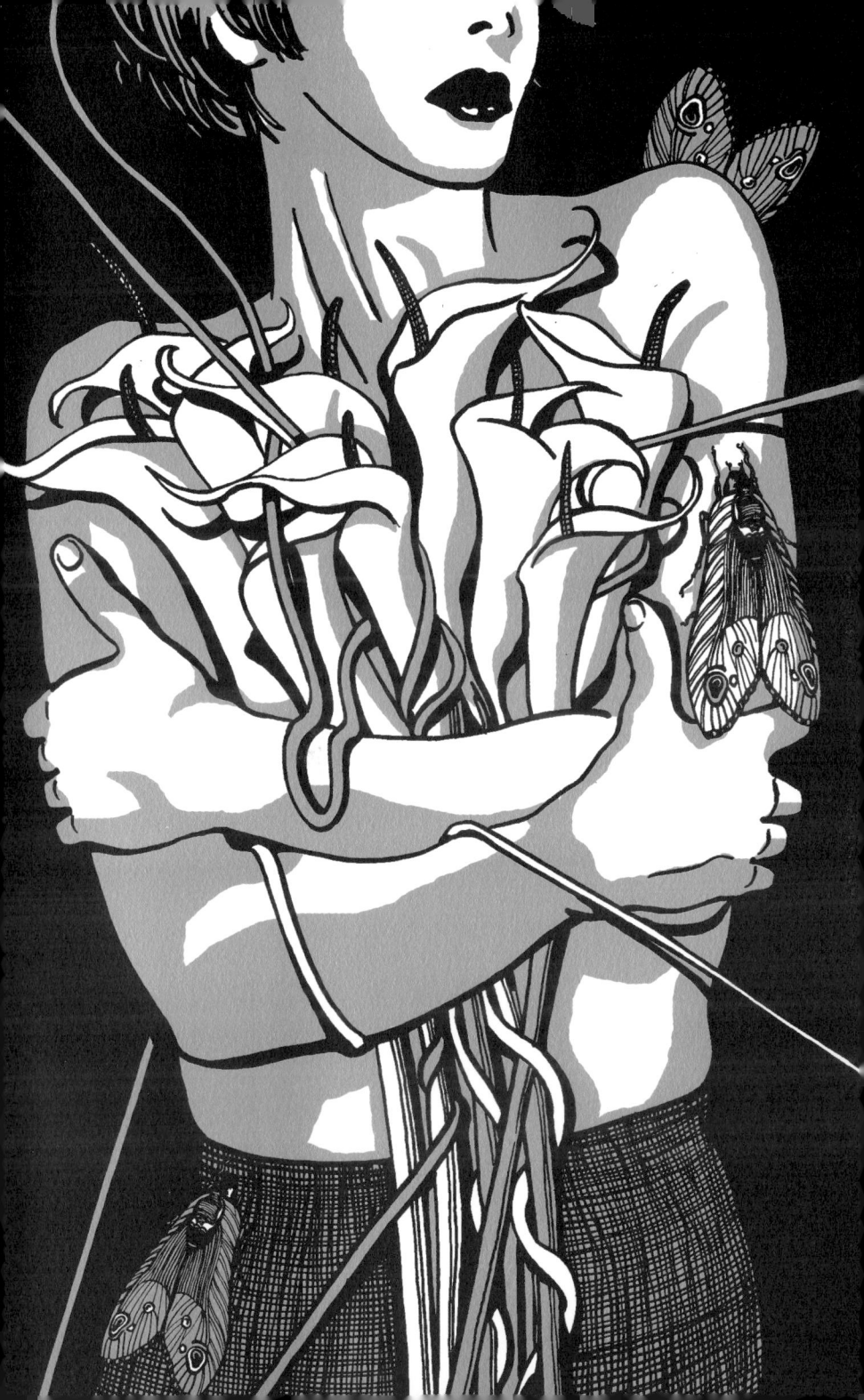

였다. 입술은 싱싱하고 광대뼈의 그늘(나로서는 그 부분이 가장 마음에 들지 않았는데)도 전혀 눈에 띄지 않았다. 나는 거울 앞에 앉아 삼십 분쯤 찬찬히 내 얼굴을 보았다. 다양한 각도에서 객관적으로 바라보았다. 착각한 게 아니었다. 나는 정말로 예뻐져 있었다.

대체 나에게 무슨 일이 일어나고 있는 것일까.

의사를 찾아가볼까도 생각했다. 내게는 어릴 때부터 내내 돌봐주신 마음이 잘 통하는 의사선생님이 있다. 하지만 내 말을 듣고 그가 어떤 반응을 보일지 생각하면 마음이 무거웠다. 애초에 내 말을 그대로 믿어주기나 할까. 일주일 넘게 한숨도 못 잤다는 말을 하면 그는 우선 내 머리를 의심할 것이다. 혹은 단순한 불면증 노이로제로 처리해버릴지도 모른다. 그게 아니면 내 말을 곧이곧대로 믿어버린 끝에 어딘가 큰 병원에 보내 검사를 받게 할지도 모른다.

그러면 어떻게 될까.

나는 그 병원에 갇힌 채 여기저기 내돌려지며 온갖 검사를 받아야 할 것이다. 뇌파에 심전도에 소변검사에 혈액검사에 심리테스트에, 아무튼 오만 가지 검사를.

그런 건 도저히 견딜 수 없을 것 같았다. 나는 혼자서 조용히 책을 읽고 싶다. 수영장에 가서 한 시간 동안 흡족하게 수영을 하고 싶다. 그것이 내가 바라는 것이었다. 게다가 병원에서 대체 뭘 알아낼 수 있는가. 그들은 산더미같이 검사를 하고 산더미같이 가설을 세울 뿐이다. 나는 그런 곳에는 가고 싶지 않았다. 그런 사람들과 얽히고 싶지도 않았다.

어느 날 오후, 나는 도서관에 가서 잠에 대한 책을 읽어보았다. 잠에 관한 책은 그다지 많지 않고, 별로 대단한 내용도 없었다. 결국 그들이 말하고자 하는 것은 단 한 가지였다. 잠이란 휴식이다—. 그것뿐이다. 차의 엔진을 꺼버리는 것과 똑같다. 줄곧 휴식 없이 엔진을 작동하면 얼마 못 가 망가져버린다. 엔진의 운동은 필연적으로 열을 발생하고 그렇게 고인 열은 기계 자체를 피폐하게 한다. 그래서 방열을 위해 반드시 쉬게 해주어야 한다. 엔진을 끄고 쿨다운시킨다. 그것이 곧 수면이다. 인간의 경우, 그것은 육체의 휴식이면서 동시에 정신의 휴식이기도 하다. 몸을 눕히고 근육을 쉬면서 동시에 눈을 감고 사고를 중단한다. 그랬는데도 남아 있는 사고는 꿈이라는 형태로 자연 방전한다.

어떤 책에 재미있는 얘기가 있었다. 인간은 사고에 있어서도 육체의 행동에 있어서도 일정한 개인적 경향에서 결코 벗어날 수 없다고 그 저자는 말했다. 인간은 자기도 모르는 사이에 자신의 행동이나 사고의 패턴을 만들어나가는 존재이고, 한번 만들어진 그런 경향은 어지간한 일이 없는 한 바뀌지 않는다. 즉 인간은 그러한 경향의 감옥에 갇

힌 채 살아가는 셈이다. 그리고 잠이야말로 그렇게 한쪽으로 쏠린 경향을—구두 뒤축이 한쪽만 닳는 듯한 일이라고 저자는 말했다—중화해주는 것이다. 인간은 잠 속에서, 한쪽으로 쏠린 채 사용되던 근육을 자연스럽게 풀어주고, 한쪽으로 쏠린 채 사용되던 사고 회로를 진정시키고 또한 방전하는 것이다. 그렇게 해서 인간은 쿨다운된다. 잠은 인간이라는 시스템에 숙명적으로 프로그램화된 행위이며 누구도 그것을 패스할 수는 없다. 잠을 잃어버리면 인간은 존재 그 자체의 기반을 잃어버리게 된다. 저자는 그렇게 주장하고 있었다.

경향? 이라고 나는 생각했다.

경향이라는 말에서 내가 생각해낼 수 있는 것은 집안일이었다. 내가 아무런 감정 없이 기계적으로 하고 있는 온갖 집안일. 요리며 쇼핑이며 빨래며 육아, 그런 것은 참으로 경향 이외의 아무것도 아니었다. 눈을 감고 있어도 그 정도는 척척 할 수 있다. 왜냐하면 그것은 그저 정해진 코스이기 때문이다. 정해진 버튼을 누르고 정해진 레버를 당긴다. 그렇게만 하면 현실은 책장이 넘어가듯이 앞으로 술술 흘러간다. 고만고만하게 몸을 움직이는 것—그저 단순한 경향이다. 그렇게 나는 구두 뒤축이 한쪽만 닳듯이 경향적으로 소비되어간다. 그것을 조정하고 쿨다운하기 위해 하루

하루의 잠이 필요하다.

정말 그런 걸까?

나는 다시 한 번 주의 깊게 그 문장을 읽어보았다. 그리고 고개를 끄덕였다. 그래, 아마도 그런 것이리라.

하지만 그렇다면 내 인생이란 대체 무엇인가. 나는 경향적으로 소비되고, 그 쏠림을 조정하기 위해 잠을 잔다. 그것이 매일매일 반복된다. 아침이면 눈을 뜨고 밤이 되면 잠을 잔다. 그 반복의 끝에는 대체 무엇이 있을까. 뭔가 있기는 한 것일까. 아니, 아무것도 없다, 라고 나는 생각했다. 분명 아무것도 없다. 오로지 경향과 그에 대한 조정이 내 몸속에서 한없이 줄다리기를 하고 있을 뿐이다.

잠 따위는 필요 없어, 라고 나는 생각했다. 잠을 못 자는 것 때문에 내가 '존재 기반'을 잃는다고 해도, 설령 미쳐버린다고 해도, 그래도 좋아, 상관없어. 나는 그렇게 생각했다. 나는 경향적으로 소비되는 일 따위는 하고 싶지 않다. 그것은 내가 바라는 일이 아니다. 그리고 그 경향적인 소비가 몰고 온 쏠림 현상을 바로잡기 위해 정기적으로 잠이 찾아와 내 하루의 삼분의 일을 요구하는 것이라면, 그딴 것은 필요 없다. 나에게는 나만의 방식이 있다. 나는 책을 읽을 것이다. 나는 잠을 자지 않을 것이다.

그렇게 결심하고 도서관을 나왔다.

5

그렇게 해서 나는 잠을 못 자는 것을 두려워하지 않게 되었
다. 아무것도 두려워할 일은 없다. 요컨대 나는 인생을 확
장하고 있는 것이다, 라고 나는 생각했다. 밤 열 시부터 아
침 여섯 시까지의 시간은 나 자신을 위한 것이다. 하루의
삼분의 일에 해당하는 그 시간은 지금까지 잠이라는 작업
에 ― '쿨다운하기 위한 치유행위' 라고 그들은 말한다 ― 소
비되고 있었던 것이다. 하지만 그것은 이제 나만의 것이 되
었다. 다른 어느 누구의 것도 아니다. 내 것이다. 나는 그
시간을 나 좋을 대로 쓸 수 있다. 어느 누구에게도 방해받
지 않고 아무것도 요구받지 않으면서.

  그것은 생물학적으로 정상적인 일이 아니라고 사람들은
말할지도 모른다. 분명 그 말이 맞을 것이다. 나는 이런 정
상적이지 못한 일을 지속한 데 대한 빚을 언젠가 갚지 않으
면 안 될지도 모른다. 인생은 그 확장된 몫을 ― 나는 그것
을 미리 가져다 써버린 것이다 ― 나중에 되받으려고 할지
도 모른다. 어떻게든 시간의 아귀를 맞추려고 들지도 모른

다. 이건 별 근거도 없는 단순한 추론이지만, 그것을 부정할 근거도 없고 나름대로 앞뒤가 맞는 이야기처럼 생각되었다.

하지만 솔직히 말해 그런 건 나에게는 이미 어찌 되건 상관없는 일이었다. 만일 어떤 덧셈 뺄셈 때문에 내가 일찍 죽어야 한다고 해도 딱히 불만은 없었다. 그 추론은 추론대로 자기 갈 길을 멋대로 가게 내버려두면 된다. 적어도 지금 나는 나 자신의 인생을 확장하고 있다. 이건 매우 멋진 일이다. 거기에는 나 자신이 지금 이곳에 살아 있다는 실감이 있다. 나는 소비되고 있지 않다. 적어도 소비되지 않는 부분의 내가 이곳에 존재한다. 살아 있다는 것은 바로 그런 것이다.

남편이 깊이 잠든 것을 확인하면 나는 거실 소파에 앉아 혼자서 브랜디를 마시며 책을 펼친다. 처음 일주일 동안에 《안나 카레니나》를 연거푸 세 번을 읽었다. 다시 읽으면 읽을수록 그곳에는 새로운 발견이 있었다. 그 장대한 소설에는 다양한 수수께끼와 다양한 시사가 가득 차 있었다. 세공細工한 상자처럼 한 세계 속에 더 작은 세계가 있고 그 작은 세계 속에도 좀 더 작은 세계가 있다. 그리고 그런 세계들이 복합적으로 하나의 우주를 형성하고 있었다. 그 우주는 내내 거기에 있으면서 독자에게 발견되기를 기다리고 있었다. 예전의 나는 기껏해야 그중 한 조각밖에는 이해하지 못했다. 하지만 지금 나는 그것을 분명하게 꿰뚫어보고 이해할 수 있었다. 톨스토이라는 작가가 무슨 말을 하고 싶었는지, 독자가 무엇을 읽어내기를 원했는지, 그 메시지가 어떻게 유기적으로 소설로서 결정結晶을 이루었는지, 그리고 그 소설의 무엇이 결과적으로 작가 자신마저도 능가해버렸는지.

아무리 의식을 집중해도 나는 피곤하지 않았다. 《안나 카레니나》를 읽고 싶은 만큼 실컷 읽고 나자 나는 도스토옙스키를 꺼냈다. 나를 끌어당기는 것은 19세기 러시아의 두툼한 소설이었다. 얼마든지 계속 읽을 수 있었다. 아무리 의식을 집중해도 피곤함이 느껴지지 않았다. 어떤 난해한 부분도 별 어려움 없이 이해할 수 있었다. 바늘이 레코드의 홈을 더듬는 것처럼 내 손가락은 이야기의 세세한 부분을 생생하게 더듬을 수 있었다. 그리고 깊고 격렬하게 감동도 했다.

이것이 본래의 바람직한 내 모습, 이라고 나는 생각했다. 중요한 것은 집중력이다, 나는 그렇게 생각했다. 집중력이 없는 인생 따위, 뻔히 눈을 뜨고서 아무것도 못 보는 것과 마찬가지다.

이윽고 브랜디가 바닥났다. 내가 거의 브랜디 한 병을 다

마셔버린 것이다. 나는 고급 식료품점에 가서 똑같은 레미마틴 한 병을 샀다. 그 참에 레드와인도 한 병 샀다. 초콜릿과 쿠키도 샀다. 다른 가게에 들러 크리스털 브랜디 잔도 샀다.

때때로 책을 읽다가 크게 흥분하는 일이 있었다. 그럴 때면 책 읽기를 멈추고 방 안에서 몸을 움직였다. 유연체조를 하거나 그저 단순히 방 안을 빙빙 돌아다녔다. 마음을 진정시키기 위해 한밤중에 산책에 나서는 일도 있었다. 옷을 갈아입고 주차장에서 시티를 꺼내 주위를 정처도 없이 달렸다. 밤샘 영업을 하는 패밀리 레스토랑에 들어가 커피를 마신 적도 있지만 누군가와 부딪치는 게 귀찮아 대개는 차 안에 있었다. 위험하지 않을 만한 곳에 차를 세워놓고 두서없는 생각에 빠졌다. 혹은 항구까지 달려가 선박을 멍하니 바라보았다.

딱 한 번 경찰에게 불심검문을 받은 적이 있었다. 나는 부두 근처 가로등 밑에 차를 세우고 선박의 불빛을 바라보며 라디오 음악을 듣고 있었다. 경찰이 톡톡 창을 두드렸다. 오전 두 시 반이었다. 나는 창유리를 내렸다. 핸섬하고 젊은 경찰이고 말투도 정중했다. 잠이 안 와서 그렇다고 나는 그에게 설명했다. 면허증을 보여달라고 해서 내주었다. 경찰은 잠시 그것을 살펴보았다. 지난달에 이곳에서 살인사

건이 일어났었다, 라고 그는 말했다. 젊은 커플이 세 명의 괴한에게 습격을 받아 남자는 살해되고 여자는 성폭행을 당했다. 그 사건이라면 나도 들은 기억이 있었다. 나는 고개를 끄덕였다. 그러니까 한밤중에 이 근처는 돌아다니지 않는 게 좋아요, 라고 그는 말했다. 고마워요, 지금 들어갈게요, 라고 나는 대답했다. 면허증을 돌려받고 나는 차를 출발시켰다.

하지만 누군가 내게 말을 걸어온 건 그때 딱 한 번뿐이었다. 나는 어느 누구에게도 방해받는 일 없이 밤거리를 한두 시간쯤 방황했다. 그런 다음에 맨션 주차장에 차를 넣었다. 어둠 속에 고요히 잠든 남편의 크림색 블루버드 옆자리에. 그리고 치이익 하는 소리를 내며 식어가는 엔진 소리에 귀를 기울였다. 소리가 사라지면 나는 차에서 내려 집으로 들어갔다.

집에 돌아오면 우선 침실에 들어가 남편이 잠들어 있는 것을 확인했다. 남편은 항상 틀림없이 깊이 잠들어 있었다. 그다음에는 아이 방을 들여다보았다. 아이도 마찬가지로 깊이 잠들어 있었다. 그들은 아무것도 알지 못했다. 세계가 아무런 변화도 없이 지금까지 굴러왔던 대로 굴러가고 있다고 굳게 믿고 있었다. 하지만 그렇지 않다. 세계는 그들이 알지 못하는 곳에서 변화하고 있었다. 다시 돌이킬 수 없을 정도까지.

어느 날 밤, 잠든 남편의 얼굴을 한참이나 가만히 바라본 적이 있다. 침실에서 털썩 하는 소리가 나는 바람에 급하게 들어가보니 자명종 시계가 바닥에 떨어져 있었다. 아마도 남편이 몸을 뒤척이다가 팔을 내둘렀는지 어쨌는지, 아무튼 밀쳐서 떨어뜨린 것이리라. 그래도 남편은 아무 일 없다는 듯이 깊은 잠에 빠져 있었다. 어휴, 대체 어떤 일이 터져야 이 사람은 눈을 뜰까. 나는 시계를 주워 베개맡에 올려놓았다. 그리고 팔짱을 끼고 남편의 얼굴을 새삼 바라본 것이다. 생각해보니 남편의 잠든 얼굴을 곰곰 바라보는 것도 꽤 오랜만이었다.

신혼 무렵에는 곧잘 별 의미도 없이 그 잠든 얼굴을 바라보곤 했다. 그리고 이 사람이 이렇게 평화롭게 잠들어 있는 한, 나는 무사히 보호받고 있다고 생각하곤 했다.

하지만 언제부턴가 나는 그러지 않게 되었다. 언제부터였지? 그건 아마 아이 이름을 짓는 문제로 나와 시어머니가 말다툼을 했을 때부터였던 것 같다. 시어머니가 어느 종교단체의 신자여서 거기서 '하사해주신' 이름을 받아온 것이다. 어떤 이름이었는지는 이제 잊어버렸지만, 아무튼 나는 그런 곳에서 '하사해주신' 이름을 받을 마음은 없었다. 그 일로 나와 시어머니는 처음으로 논쟁을 벌였다. 상당히 격렬한 말다툼이었다. 하지만 남편은 이 문제에 대해 아무런 의견도 밝히지 않았다. 어느 쪽 편을 드는 일도 없이 그냥 옆에서 나와 시어머니를 진정시키고 있을 뿐이었다.

나는 그때 남편이 나를 지켜준다는 실감을 잃어버린 것이라고 생각한다. 그렇다, 남편은 나를 지켜주지 않았다. 그 일로 나는 몹시 화가 났다. 시어머니보다 오히려 남편에게 더 화가 났다. 물론 그건 옛날 일이고 나와 시어머니는 그 뒤에 곧바로 화해했다. 아이의 이름은 내가 직접 지었다. 남편과도 금세 화해했다.

하지만 그즈음부터 어쩐지 나는 남편의 잠든 얼굴을 바라보지 않게 된 것 같다.

나는 그곳에 선 채 그의 잠든 모습을 바라보고 있었다. 이불 옆으로 맨발이 기묘한 각도로 삐져나와 있었다. 마치 누군가 타인의 발 같은 각도로. 그것은 뚝뚝하고 큼직한 발이었다. 입은 반쯤 벌어져 아랫입술이 축 늘어졌고 이따금 생각난 듯 코 옆을 씰룩씰룩 움직였다. 눈 밑의 점이 유난히 커서 상스럽게 보였다. 눈을 감은 방식도 어딘지 비열했다. 눈꺼풀이 늘어져서 빛바랜 덮개처럼 보였다. 마치 바보처럼 자고 있다, 라고 나는 생각했다. 마치 바보처럼 자고 있다. 이 사람, 어떻게 이런 추한 얼굴을 하고 자는 걸까. 아무리 그래도 이건 너무하다. 옛날에는 이렇지 않았다. 신혼 무렵에 이 사람은 좀 더 야무진 얼굴이었다. 지금과 똑같이 깊이깊이 잠들더라도 이런 흐리터분한 얼굴은 아니었다.

나는 남편이 옛날에는 어떤 얼굴이었는지 떠올려보려고 했다. 하지만 아무리 애를 써도 생각나지 않았다. 다만 이런 지독한 얼굴은 아니었다는 것만 생각날 뿐이었다. 어쩌면 이건 나 혼자만의 선입견일 수도 있다. 그는 그때도 지금과 똑같은 모습으로 잤을 수도 있다. 그냥 내가 멋대로 감정이입을 했던 것일 수도 있다. 우리 엄마라면 분명 이렇게 말할 것이다. 애, 결혼해서 좋아죽네 어쩌네 하는 건 기껏해야 이삼 년이야. 엄마가 입버릇처럼 하던 말이다.

하지만 그런 게 아니라는 것을 나는 알고 있었다. 틀림없이 남편은 추해진 것이다. 얼굴에서 팽팽한 긴장감이 사라졌다. 그것이 아마 나이를 먹는다는 것이리라. 남편은 나이를 먹었고, 그리고 지쳐 있다. 생활이 그를 닳아빠지게 하고 있었다. 앞으로 틀림없이 더욱더 추해질 것이다.

나는 한숨을 내쉬었다. 몹시 깊고도 큰 한숨이었지만 물론 남편은 꿈쩍도 하지 않았다. 한숨 정도로는 눈을 뜨지 않는 사람이다.

나는 침실을 나와 거실로 돌아왔다. 그리고 다시 브랜디를 마시며 책을 읽었다. 하지만 뭔가 자꾸만 마음에 걸렸다. 나는 책을 내려놓고 아이 방으로 갔다. 문을 열고 복도

의 전등불빛에 아들의 잠든 얼굴을 잠시 바라보았다. 아이
는 반들반들한 얼굴을 하고 잠들어 있었다. 당연한 일이지
만 남편과는 무척 다르다. 아직 어린아이인 것이다. 피부에
는 윤기가 있고 천박한 곳도 없었다. 그곳에는 아직 더럽혀
지지 않은, 손상되지 않은 중요한 것이 있었다.

하지만 뭔가가 내 신경에 거슬렸다. 아들에 대해 그런 식
으로 느낀 건 처음이었다. 대체 아들의 무엇이 내 신경에
거슬린 것일까. 나는 그곳에 선 채 다시 팔짱을 꼈다. 물론
나는 아들을 사랑한다. 진심으로 사랑한다. 하지만 그곳에
있는 뭔가가 확실하게 지금, 내 신경을 곤두서게 했다.

나는 고개를 저었다.

한참이나 눈을 감고 서 있었다. 그리고 눈을 뜨고 다시 아
들의 잠든 얼굴을 보았다. 그 순간 무엇이 나를 짜증나게
했는지를 알았다. 아이가 제 아버지와 잠든 얼굴이 꼭 닮은
것이다. 그 얼굴은 또한 시어머니의 얼굴과도 꼭 닮았다.
혈통적인 고집스러움, 자기 충족성─. 나는 남편 가족의
그런 오만함 같은 것이 싫었다. 분명 남편은 내게 잘해준
다. 착한 성품이고 세심하게 배려해준다. 바람 한 번 피운
적 없고 항상 열심히 일한다. 성실하고 꾀부리지 않고 누구
에게나 격의 없이 친절하다. 내 친구들은 모두 입을 모아
말한다. 그만큼 좋은 사람도 없다고. 정말 흠잡을 데 없는

사람이라고 나 또한 생각한다. 하지만 그렇게 흠잡을 데 없다는 것이 이따금 나를 짜증나게 한다. 그 '흠잡을 데 없음' 속에는 뭔가 상상력이 비집고 들어서는 것을 허락하지 않는 듯한, 묘하게 딱딱한 구석이 있었다.

그리고 지금, 아들이 얼굴에 그와 똑같은 표정을 띤 채 자고 있었다.

나는 다시 고개를 저었다. 몇 번이나 고개를 저었다. 이 아이는 어른이 되어도 분명 내 기분 따위는 이해하지 못할 것이라고 나는 생각했다. 남편이 지금 내 기분을 거의 이해하지 못하는 것처럼.

내가 아들을 사랑한다는 건 틀림없다. 하지만 앞으로 언젠가, 나는 이 아이를 그다지 진지하게 사랑하지 못하는 게 아닐까 하는 예감이 들었다. 엄마답지 않은 생각이다. 세상의 엄마들은 그런 건 생각조차 하지 않을 것이다. 하지만 나는 안다. 어느 순간 문득 이 아이를 경멸하게 되리라. 아이의 잠든 얼굴을 보고 있는 사이에, 마치 물이 급속히 빠져나가고 땅바닥이 고스란히 드러나듯이 그것이 명확해졌다.

그렇게 생각하자 나는 슬퍼졌다. 아이 방의 문을 닫고 복도의 전등을 껐다. 그리고 거실 소파에 앉아 책을 펼쳤다. 하지만 몇 페이지쯤 읽고는 다시 책을 덮었다. 시계를 보았

다. 세 시 조금 전이었다.

잠이 오지 않은 지 오늘로 며칠째일까. 처음으로 잠을 못 잔 것이 지지난주 화요일이었다. 그렇다면 오늘로 십칠 일째다. 십칠 일 동안 나는 한숨도 자지 않았다. 열일곱 번의 낮과 열일곱 번의 밤. 대단히 긴 시간이다. 잠이라는 게 어떤 것인지, 이제는 그것조차 제대로 생각나지 않는다.

눈을 감았다. 그리고 잠의 감각을 다시 불러보려고 했다. 하지만 그곳에는 각성한 암흑이 존재할 뿐이다. 각성한 암흑―. 그것은 내게 죽음을 연상시켰다.

내가 이대로 죽어가는 걸까, 하고 생각했다.

나는 그때까지 잠이라는 것을 이른바 죽음의 원형으로 파악하고 있었다. 즉 잠의 연장선상에 있는 것으로서 죽음을 상정하고 있었다. 죽음이란 한 마디로 평소의 잠보다 훨씬 더 깊은, 의식이 없는 잠― 영원한 휴식, 블랙아웃이다. 나는 그렇게 생각하고 있었다.

하지만 어쩌면 그렇지 않을지도 모른다, 라는 생각이 문득 들었다. 죽음이란 잠 같은 것과는 전혀 다른 종류의 상황인지도 모른다―. 그건 어쩌면 내가 지금 보고 있는 한없이 깊은, 각성한 암흑이 아닐까. 죽음이란 이런 암흑 속에서 영원히 각성하고 있는 것인지도 모른다.

하지만 그래서는 너무도 끔찍하다, 라고 나는 생각했다.

만일 죽음이라는 상황이 휴식이 아니라면 우리의 이 피폐로 가득한 불완전한 삶에 과연 어떤 구원이 있단 말인가. 하지만 결국 죽음이 어떤 것인지는 어느 누구도 알 도리가 없다. 누군가 죽음을 실제로 본 사람이 있는가? 아무도 본 사람이 없다. 죽음을 본 자는 이미 '죽어버린 사람이다. 살아 있는 자는 죽음이 어떤 것인지 아무도 알지 못한다. 다만 추측할 뿐. 그것이 어떤 추측이건 결국 단순한 추측에 지나지 않는다. 죽음이 휴식이어야 하다니, 그런 건 논리적으로 맞지 않다. 그건 죽어보지 않고서는 알지 못한다. 그것은 다른 어떤 것일 수도 있는 것이다.

그렇게 생각하니 나는 돌연 강한 공포감에 휩싸였다. 등줄기가 바짝 얼어붙는 듯한 느낌이었다. 나는 아직도 눈을 감고 있었다. 눈을 뜰 수가 없었다. 그저 눈앞에 버티고 선 두툼한 암흑을 뚫어져라 바라보았다. 암흑은 우주 그 자체처럼 깊고 어떤 구원도 없었다. 나는 외톨이였다. 내 의식은 집중되고 확장되었다. 마음만 먹는다면 그 우주의 저 깊은 곳까지 볼 수 있을 것 같았다. 하지만 나는 그것을 바라보지 않으려고 했다. 아직은 너무 일러, 라고 나는 생각했다.

만일 죽음이 이런 것이라면 나는 과연 어떻게 해야 할까. 죽는다는 것이 영원히 각성하여 이렇게 한없는 암흑을 뚫어져라 응시해야 하는 것이라면?

가까스로 눈을 뜨고 나는 잔에 남은 브랜디를 단숨에 마셔버렸다.

6

잠옷을 벗고 청바지와 티셔츠에 요트파카를 걸쳤다. 머리는 뒤로 묶어 파카 안에 쑤셔 넣고 남편의 야구모자를 썼다. 거울을 보니 사내아이처럼 보였다. 이 정도면 됐어. 나는 운동화를 신고 지하 주차장으로 내려갔다.

시티에 올라 키를 돌리고 엔진 소리에 잠시 귀를 기울였다. 평소와 똑같은 소리였다. 핸들에 두 손을 얹고 몇 차례 심호흡을 했다. 그러고는 기어를 L로 놓고 맨션 밖으로 나섰다. 차가 평소보다 어쩐지 가볍게 달리는 것처럼 느껴졌다. 마치 얼음 위를 미끄러져가는 것 같다. 주의 깊게 기어를 바꾸고 동네를 빠져나와 항구로 향하는 간선도로로 접어들었다.

벌써 오전 세 시를 넘긴 시각인데도 도로를 달리는 차들이 결코 적지 않았다. 거대한 장거리 수송트럭이 노면을 부르르 흔들며 서에서 동으로 흘러갔다. 그들은 잠을 자지 않는 것이다. 수송 효율을 높이기 위해 낮에 자고 밤에 일한다.

나라면 밤낮으로 일할 수 있을 텐데, 라고 생각했다. 나는 잠을 잘 필요가 없으니까.

분명 생물학적으로 본다면 부자연스러운 일인지도 모른다. 하지만 과연 어느 누가 자연에 대해 안다고 할 수 있을까. 어떤 것이 생물학적으로 자연스러운지, 결국은 경험적인 추론에 지나지 않는다. 그리고 나는 그런 추론을 뛰어넘은 지점에 서 있다. 이를테면 나를 인류의 비약적 진화의 선구적 샘플이라고 생각한다면 어떨까. 잠들지 않는 여자. 의식의 확장.

나는 피식 웃음이 터졌다.

진화의 선구적 샘플.

라디오 음악을 들으며 항구까지 차를 몰았다. 클래식 음악을 듣고 싶었지만 한밤중에 클래식 음악을 들려주는 방송국은 찾을 수 없었다. 어떤 방송국에 맞춰봐도 흘러나오는 건 일본 록 뮤직뿐이다. 끈적끈적하고 달달한 러브 송. 어쩔 수 없이 나는 거기에 귀를 기울였다. 그 음악은 나에게 지독히 먼 곳까지 떠나온 듯한 느낌을 갖게 했다. 나는 모차르트로부터도 하이든으로부터도 아주 멀리 벗어나 있었다.

흰 선으로 구분된 널찍한 공원 주차장에 차를 세우고 엔진을 껐다. 주위가 모두 비어 있는, 가로등 밑의 가장 환한

자리를 선택했다. 주차장에는 내 차 외에 다른 차는 한 대밖에 없었다. 젊은 사람들이 좋아할 만한 차였다. 흰색 투도어 쿠페. 모델은 오래된 것이다. 아마 연인들이리라. 호텔에 묵을 돈이 없어 차 안에서 서로를 껴안고 있는지도 모른다. 나는 성가신 일을 피하려고 모자를 깊숙이 눌러 써서 여자라는 것을 알지 못하게 했다. 차 문이 잠긴 것을 다시 한 번 확인했다.

멍하니 주변 풍경을 바라보고 있으려니 대학교 일 학년 때 남자친구와 둘이서 드라이브를 나왔다가 차 안에서 페팅을 했던 일이 문득 생각났다. 그는 중간에 도저히 참을 수 없어서 넣게 해달라고 말했다. 하지만 나는 안 된다고 거절했다. 나는 내 안에 아무것도 넣고 싶지 않았다. 핸들 위에 두 손을 얹고 음악을 들으며 나는 그때 일을 생각해보았다. 하지만 그 남자친구의 얼굴이 잘 생각나지 않았다. 그 모든 것이 터무니없을 만큼 오래된 옛날 옛적의 일만 같았다.

잠을 못 자기 전의 기억이 가속도를 붙여 점점 멀어져가는 것처럼 느껴졌다. 아주 신기한 일이다. 날마다 밤이 되면 잠을 자던 때의 나는 참된 내가 아니고, 그 당시의 기억은 진짜 내 기억이 아닌 것 같다. 인간이란 이렇게 변하는 것이구나, 라고 나는 생각했다. 하지만 그 변화는 다른 어느 누구의 눈에도 띄지 않는다. 다른 어느 누구도 알아차리지 못한다. 나밖에는 알지 못한다. 아무리 설명을 해줘도 그들은 지금 내 몸에 일어나고 있는 일을 믿으려고 하지 않을 것이다. 만일 믿는다 해도 내가 그것을 어떤 식으로 느끼고 있는지, 그런 건 절대로 이해하지 못할 것이다. 이해하려고도 하지 않을 것이다. 그들은 내가 전하려는 것을 자신들의 추론의 세계를 위협하는 것으로밖에는 받아들이지 못할 것이다.

하지만 나는 실제로 변화한 것이다.

얼마나 그곳에 있었는지 나는 알지 못한다. 핸들에 양손을 얹은 채 나는 눈을 꼭 감고 있었다. 그리고 잠이 없는 암흑을 바라보았다.

인기척에 퍼뜩 정신을 차렸다. 눈을 뜨고 주위를 둘러보았다. 누군가 차 밖에 있다. 그리고 문을 열려고 하고 있다. 하지만 물론 차 문은 잠겨 있다. 사람의 모습이 차 양쪽으로 보였다. 오른쪽 문과 왼쪽 문에. 얼굴은 보이지 않는다. 옷차림도 알 수 없다. 그건 단지 어두운 그림자로 그곳에 서 있었다.

그 두 개의 그림자 사이에 끼여 내 시티 자동차는 몹시 왜소하게 느껴졌다. 마치 조그만 케이크 상자 같다. 차가 좌우로 뒤흔들린다. 오른편 유리창을 주먹으로 쾅쾅 친다. 하

지만 그게 경찰이 아니라는 것을 나는 알고 있었다. 경찰은 그런 식으로 창문을 두드리지 않는다. 차를 흔들어대지도 않는다. 나는 숨을 헉 삼켰다. 어떻게 해야 하지? 내 머리는 지독히 혼란스럽다. 겨드랑이에서 땀이 나고 있다. 차를 출발시켜야 해, 라고 생각했다. 키, 키를 돌려야 해. 나는 손을 내밀어 키를 잡고 오른쪽으로 돌렸다. 셀모터가 도는 소리가 들렸다.

하지만 엔진은 점화되지 않았다.

내 손가락은 파들파들 떨린다. 눈을 감고 다시 한 번 키를 천천히 돌린다. 하지만 소용없다. 단단한 벽을 할퀴는 듯한 키이이익 소리가 날 뿐이다. 같은 자리를 헛돌고 있다. 그리고 남자들은—그 그림자들은 내 차를 계속 흔들어댄다. 그 흔들림이 점점 커져간다. 그들은 이 차를 뒤엎을 작정인 것이다.

뭔가 잘못되어 있어, 라고 나는 생각했다. 침착하게 생각해봐야 해. 침착하게, 천천히, 생각하는 거야. 뭔가 잘못되어 있어.

뭔가 잘못되어 있다.

하지만 무엇이 잘못되었는지 나는 알지 못한다. 내 머릿속에는 농밀한 어둠이 가득 차 있다. 그것은 이미 나를 어디에도 데려가지 않는다. 손이 계속해서 파들파들 떨린다.

나는 키를 뽑아 다시 한 번 꽂아보려고 했다. 손끝이 떨려서 키를 열쇠구멍에 꽂을 수 없다. 키가 바닥에 떨어진다. 나는 몸을 움츠려 그것을 집으려고 했다. 하지만 집을 수 없었다. 차가 크게 뒤흔들렸기 때문이다. 몸을 움츠리다가 나는 핸들에 힘껏 이마를 찧었다.

다시 시트에 몸을 기대고 두 손으로 얼굴을 가렸다. 그리고 울었다. 나는 우는 것밖에 할 수 없었다. 줄줄이 눈물이 흘러내렸다. 나 혼자서 이 조그만 상자 안에 갇힌 채 어디로도 가지 못한다. 지금은 밤의 가장 깊은 시각이고, 그리고 남자들은 계속 내 차를 흔들어댄다. 그들은 내 차를 뒤엎으려는 것이다.

후기

내가 〈잠〉이라는 조금 긴 분량의 단편소설을 쓴 것은 1989년 봄의 일이었다.

그 당시의 일은 지금도 똑똑히 기억하고 있다. 나는 한참 동안이나 소설을 쓰지 못하고 있었다. 좀 더 정확히 표현하자면, 도무지 소설을 쓸 마음이 나지 않았다. 그 원인은 몇 가지가 있지만, 대략적으로 말해본다면 그 당시 내가 여러 가지로 삼엄한 상황이었기 때문일 것이다. 작가로서도 개인으로서도 이래저래 힘겨운 일이 연달아 일어났다. 여기저기서 쓸쓸한 일도 겪었다. 마침 마흔 살을 맞이한 참이어서 아마 연령적으로도 그런 번거로운 일이 들이닥치는 시기였는지도 모른다. 《상실의 시대》와 《댄스 댄스 댄스》라는 장편소설 두 편이 성공을 거둔 직후였지만 마음이 딱딱하게 얼어붙는 것을 나 스스로도 알았다.

그즈음에는 로마 바티칸 근처에 아파트를 빌려 살고 있었다. 햇볕도 잘 들지 않는 창가에 책상을 놓고 바깥의 북

적거리는 길거리를 바라보며 작업을 했다. 교제라고 할 만한 것은 거의 없이 부부 둘만의 무척 고즈넉한 생활이었다. 소설을 쓸 마음이 나지 않았기 때문에 그 전해 가을에 한 달쯤 카메라맨과 둘이서 그리스와 터키를 자동차로 돌아다녔던 여행기를 썼다. 상당히 터프한 여행이어서 바짝 마르고 햇볕에 그을린 채 로마로 돌아왔다. 그곳에서 겨울 한철을 보내고 이윽고 봄이 찾아왔다. 그동안에 꼬박꼬박 번역 일을 했던 것으로 기억한다.

하지만 봄이 오고 바깥의 빛이 점점 환해지자 그에 따라 내 안에서 그때까지 딱딱하게 얼어붙어 있던 것이 조금씩 부드럽게 풀려나가는 게 느껴졌다. 나는 책상을 마주하고 워드프로세서의 스위치를 켜고 꽤 오랜만에 소설을 쓰기 시작했다. 그리고 내 안에 고여 있던 것을 토해내듯이 거의 단숨에 써낸 것이 〈잠〉, 그리고 〈TV 피플〉이었다. 이 두 작품은 내 안에서 한 세트가 되어 있다. 똑똑히 기억나지는 않지만 아마 〈잠〉 쪽을 먼저 썼던 것 같다.

이제 다시 읽어보니 두 작품 모두 평소의 내 단편소설에 비하면 약간 텐션이 높은 것처럼 느껴진다. 아마 그 당시의 내 심경이 반영된 결과일 것이다. 하지만 어찌 됐건 나는 이 두 편의 단편소설을 계기로 다시 한 번 소설가로서의 궤도에 오를 수 있었던 셈이다. 그런 의미에서는 마음속에 깊이 남은 작품이기도 하고 나에게는 이른바 기념해야 할 작품이기도 하다. 이 작품들을 생각하면 항상 봄철 로마의 길거리 풍경이 뇌리에 되살아난다. 사람들은 큰 소리로 몸짓을 섞어가며 선 채로 이야기를 나누고 자동차는 종렬 주차가 가능한 틈새를 어슬렁어슬렁 찾아다니고 꽃집 앞은 선명한 원색이 넘쳤다. 자아, 이제부터 다시 뭔가 해보는 수밖에 없다, 나는 그렇게 생각하고 있었다.

〈잠〉과 〈TV 피플〉은 《뉴요커》지에 번역 게재되었고 평판도 그리 나쁘지 않았다. 재출발로서는 조짐이 괜찮았다고 할 수 있을 것이다.

〈잠〉에 일러스트레이션을 붙여 단행본으로 만든 것은 독일에서의 내 출판원인 듀몬트사였다. 처음에 이 기획에 대한 이야기를 들었을 때는 이게 뭔가 싶어서 적잖이 당황스러웠지만 완성된 책을 보고 — 그때 우연히 빈에 가 있었기 때문에 서점에 첩첩 쌓인 신간을 손에 들고 펼쳐봤는데 — 마음에 쏙 들어버렸다. 그림도 매우 신선하고 장정도 훌륭하다. 듀몬트사는 원래 미술 서적을 출간하던 곳이라서 이런 책을 만드는 데는 능숙하다. 비슷한 형식으로 일본에서도 출판할 수 없을까 하고 내심 기대했었는데 그것이 실현되어 무척 기쁘다.

또한 기왕 새로운 형태로 출판된다면 마침 좋은 기회니까 약간 손을 보고 싶었다. 내용을 크게 고치는 것이 아니라 문장에서 '버전 업'을 해보고 싶었던 것이다. 단편소설에서 나는 자주 그런 작업을 해왔다. 장편소설에는 일절 손을 대지 않지만(그랬다가는 균형이 깨져버린다) 단편소설에는 지금 이 지점에서 다시 쓸 여지가 간혹 있기 때문이다. 레이먼드 카버도 그 비슷한 작업들을 했었다. 이전 버전을 오리지널로 남겨둔 채 새로운 판을 따로 만들어간다. 그것은 문장가로서의 자기 자신을 재점검하는 작업이기도 하다. 아마 이전에 써낸 것이 더 좋다고 하시는 분들도 있겠지만, 나로서는 이십일 년 만에 또 한 가지 다른 가능성을 《잠》에서 추구해보고자 했다. 널리 양해해주시기 바란다.

2010년 9월 24일
무라카미 하루키

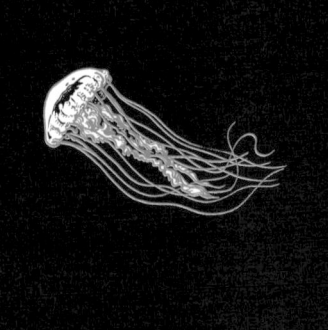